# 極秘指令

李佳

Li Jia

ブックウェイ

目次

装幀　２ＤＡＹ

# 極秘指令

# プロローグ

二〇一七年六月十四日午後一時五分、ＪＡＬ那覇空港行きの〇九一七便が羽田空港を離陸すると、アナウンスが何度も繰り返された。

「那覇市の天候は、雷警報が出ており、状況により、羽田空港に引き返す可能性があります。乗客の皆様のご理解とご協力のほどよろしくお願いいたします」

「雷だけで、引き返す？」莉莉(りーりー)の表情が険しくなった。

「二十数年間も那覇に住んでいたのに、雷なんか殆どなかったよ。クソッ！」

羽田空港の待合室に着いた時に、天候に関するアナウンスが聞こえた。

僕は上層部からの命令で〝森田省吾〟という偽名と経歴を詐称し、婚活していた莉莉に接近し、交際を始めた刑事だ。

今回は、彼女の希望で、ボディーガードとして、那覇の裁判所に付き添うことになった。県警本部には「彼女の恋人」ということにして、那覇の裁判所に同行することへの了承を得た。

「民事裁判の場合、私が出廷しないと、元夫の訴えが通ってしまう。離婚訴訟で完敗したうえに、私の最後の財産である４ＬＤＫの住戸まで、八十二万円という激安の金額で買い取られちゃう」

その裁判は、二〇一三年十二月四日に、彼女が養育費の取立と離婚訴訟が那覇家裁で平行に進行し、終結に向っていた矢先に、大きな出来事があった。その数カ月前から、特定秘密保護法案が国会に提出され、法曹界を始め、反対と批判の声が上がる中、強行採決されたのだ。

特定秘密の漏えい等に対する罰則があり、徹底した箝口令が敷かれているため、公務員である僕は、その秘密を取得するわけにはいかない。

しかし、莉莉は、特定秘密保護法が成立する数年前から、自身が書いたブログ記事に養育費の指定銀行口座が変造されたことなど事件性のある内容を証拠と共にウェブサイトに載せただけでなく、一般の市民からも那覇家裁の不正操作や証拠改ざんなどの情報が寄せられたので、捜査の目は自然に彼女の被害状況に向き、密かに裁判所職員の非行に、公訴の提起に向け、神経を尖がらせていた。

加えて、彼女の離婚訴訟の期日が既に決まったのに、強引にさいたま家裁から那覇家裁に移送された際、その経緯や証拠なども詳しく彼女のブログに載せてあったので、僕らの仕事上、その犯罪事実を無視することはできない。

それらの事から、彼女が今までたくさんの被害を受けたことを分かっていながら、この保護法がスピーディーに成立した関係で、僕らは、その違法行為にも異議申し立てをすることができなくなってしまった。

最悪の状態に置かれた彼女は、離婚が成立した後も、裁判が続き、元夫との間で最後の裁判が終結する直前に、不思議なことに、またまた与党がテロ等準備罪（共謀罪）の成立を急いでいた。

僕は、今朝羽田空港に向かう前に、「飛行機を羽田空港に引き返す」という指示を受けていた。事の深刻さと緊急性を感じ取った。

僕は莉莉を慰めるように声を掛けた。

「天候が悪いから仕方がないね」

「おかしいと思わない？　単なる雷の問題なら、その上空を避ければいいと思う。昔パイロット訓練学校によく出入りしていたから、それぐらい大丈夫だってことは分かる」

「でも危ないからね」

「乗客全員を雷ぐらいで、羽田空港に戻すなんて、みんな怒らないと思う？」

僕は、黙っていた。

この飛行機に乗っている乗客は、実は、殆ど警察官のようだ。

搭乗ゲートから飛行機の座席に着くまで、異様な光景をキャッチした。マスクと帽子を着用し、サングラスをかけている者が二、三人もいた。また、数名の仲間が搭乗していることにも気付いた。更にはっきりと僕の目に映ったのは、公安の刑事だった。ヤツとは、S署に勤務していた頃、莉莉のことで激しい口論になったことがあり、鮮明に覚えている。

「俺が彼女の世話をするから、刑事達は全員引いてくれ。いいな、何があっても、彼女に被害届を絶対に出させないこと。文句も一切受け付けないように」

莉莉が北千住に引っ越して間もない頃、メールフレンドにラブホテルに連れて行かれ、ヌード写真を無理やりに撮られたことで、署に相談したところ、アイツが突然署に現れたのだ。

「チョウカンからの命令だ。彼女のことを『嘘つき』、『不倫女』、そして、『マルセイ』（警察の隠語で精神異常者を意味する）にしろ！　沖縄の公安から送ってきた情報によるものだ」

あの公安警察は、その後ずっと莉莉の担当になり、彼女のことをしつこく追い詰め、どんな残虐な手段でも使うヤツだそうだ。莉莉から、幾度となく被害相談があり、捜査したが、後ほど判明したのは、いずれもヤツがでっち上げた犯行だったと仲間から聞いた。無実の莉莉が凶悪犯に仕立て上げられ、国家の治安維持という観点から規制の対象となり、我らのチームでは、上からの命令があったため、何も助けることができないことに悔しい思いをさせられた。

今、この飛行機の中に、公安のアイツ以外にも、僕らの座席番号3Cと3D周りに座っている男達は、体型から目つきまで、警察官だろう。要は、この飛行機の中は、警察の公安畑と刑事畑の対峙する場所となり、莉莉を挟んで、両軍が睨み合っている。

最近、日比谷公園で連日共謀罪の成立に反対するデモが開かれ、日本各地で抗議行動が起こっている。

車で羽田空港に向いながら、テレビの画面では、この法律の採決に関するニュースばかりが映っている。野党は徹底的に反対し、内閣不信任決議案を提出する意向も報じられた。牛歩戦術という抵抗手段は、もう使えないのか……どうにか廃案にならないものか、とハラハラしていた。


離陸態勢が落ち着き、シートベルトを外してもいいランプがついたところ、莉莉は速足で前方に立っている客室乗務員に向かった。

「すみません。この飛行機が引き返された場合、他の便へ優先的に乗せてもらえないでしょうか」

そして、彼女は相談事を他人に聞かれないように、客室乗務員と一緒にカーテンの内側に入って行ったが、しばらくしてから、席に戻ってきた。

「羽田空港に引き返しても、次の飛行機の空席を優先的に用意できないと言われた。酷くない？　裁判所の呼出状を持っていると言ったのに」

「他の乗客もいるからね」

「那覇の裁判所は、完全に大物政治家の圧力がかかったと思うわ。不動産物件の評価額を不動産鑑定士に働きかけ、那覇市役所に交付された固定資産評価証明書に書かれている評価額の三分の一の金額にしか設定させない。そのうえ、この飛行機を出発地点の羽田空港に引き返させ、裁判所が私の言い分を聞くことができないように仕組んで、私の最後の財産を元夫にあげるということだね」

――いや、お前は那覇の裁判所に行ったら、その場で連行され、逮捕されるぞ！　今ちょうど共謀罪の強行採決を防ぐため、世論が沸騰しているじゃないか。お前は頭が単純過ぎるなあ――小声でつぶやきながらも、僕は、その事実を告げることができない。しかし、彼女は、依然として、これから更に険しい道に追い込まれることに気づかない様子だ。

やがて、チーフリーダーのような客室乗務員が莉莉の席に向かってきた。

「お客様、那覇空港に着陸するかどうかは、機長の判断なので、もう暫くお待ちください」

「できるなら、引き返さないでほしい。私の最後の財産だから、元夫に奪われたくないの」

莉莉は周りの人が聞いているかどうかは、もう構う余裕がなくなったように、怒りを含んだ声で訴えた。

「分かりました。ですが、那覇空港に着陸するかどうかは保証される訳ではありませんので、予めご了承ください」

莉莉が大きな溜息をし、両手で頭を強く押さえた。

――おいおい、それより逮捕されるのがまずいぞ！　財産はどうでもいいんじゃないか――

と僕は心の中で叫んだ。

客室乗務員が心配そうに、再び莉莉に聞いた。

「お一人ですか」

「いいえ、ＳＰがついていています」

莉莉は、冗談のように僕を指さした。

「分かりました。もう一度機長に相談しますね」

この二時間半のフライトの後に、どんな運命が待ち受けているのか、誰も知らない。

「今回の不動産は、元夫と婚姻関係のない時に、妹から四百万円を借りて購入した物件なのに、離婚訴訟の判決では、裁判官がそれを貢献度のない元夫に財産分与してしまった。更に、生活費を一円も私に与えない元夫を裁判官が助けた。困窮していた私達親子三人は、その物件から得るわずかな家賃収入を生活費用に当てていたのに、養育費の債務を果たさない元夫に、裁判所は、家賃収入を債務名義の弁済資金に充当させ、元夫からもらうべき債権と相殺したのよ。言い換えれば、我らが食べたご飯を吐き出させ、生活費を渡さない元夫に、私の家賃収入をよこせということなの」

「異常だね」

「実は、この賃貸物件の購入代金は彼が全然出していないのに、私がもらうべき敷金、礼金と最初の家賃は、彼に着服された。なのに、裁判官は彼に対し、返還命令を発しなかった」

「こんな判例もあるんだね」

「その物件の購入にあてたお金は妹が出資したのに、私と婚姻関係がなかったあの男が財産を分けられるなんて、気持ちが悪くない？　それも優秀なエリート裁判官が平気で下した判決だよ」

「ふざけてるね」

「出資せず利益ばかり奪った元夫は、妹が出資してくれた六百四十万円のうちの四百万円を購入代金に充てて、まだ妹に返済してもいないのに、八十二万円という金額でそれを買い取ろうとしているのよ」

「欲張りで、卑劣な奴だな」

「一回目に結婚したとき、現金で彼に渡して買ったマンションの住戸や土地は、彼が勝手に自分の名義で登記し、私が朝から晩までフルタイムで働き、すべての家事労働も一人でこなしたのに、元夫から何の財産分与も受けなかった」

「彼と二回も結婚したんだね」

「しかも最悪なのは、家にもっと多くの現金が使えるようにしたいと、自分の厚生年金の保険料を節約したから、老後の生活に何の保証もキープしなかったの。今回離婚の際、受けられる年金の分割は、二回目の婚姻期間しかカウントされなかった」

「子供達の親権者になっている彼の代わりに、離婚中も、君は長男を引き取って、生活をみたし、彼と子供達のために、頑張ったよね」

「裁判所は何故、彼の債務不履行に何の責任追及もしないで、私の権利や財産ばかりを奪って、彼に与えるのか、理解できない」

かつての婚姻生活で、彼女は確かに一生懸命に頑張った。その意味で、今回は、彼女が再び不利益な立場に立たされたことに、何とか挽回しようとした。

民事の問題だと思えるが、莉莉が面したトラブルは、相当に厄介な刑事事件と関わっている。

僕がS署に勤めて、莉莉のことを知ってから、ちょうど十二年が経つ。その後、彼女が埼玉県に引っ越し、僕も彼女の転居先の管轄であるK署に三年間勤務した。その後、数年間近畿地方を転々としたが、去年再びK署を所轄する埼玉県警の警察本部に転勤した。

公安警察に追われていることを知らない莉莉は、県警の公安委員会に苦情申出書を数多く出した。彼女のことをどう対応するのか、県警本部も頭を抱えているようだ。結局、その都度公安委員会ができることは、ただただ彼女に頭を深く下げることだけだった。

かなり長い歳月が流れ、莉莉は依然として魅力的だが、相当に老けてしまって、時々放心したような顔をしていることが見受けられる。

三十年間の婚姻生活に力を尽くしてきたが、不条理にさらされてしまった。彼女は、むしろ不運かつ悲運な女で、自由を拘束され、大事な長男を失ってしまったことで、精神的にも肉体的にも取返しのつかないダメージを受けたと思う。

今回の旅で彼女は、「自分一人で那覇に向うのが怖い……宿泊するホテルで、沖縄県警か誰かに暗殺されるかもしれない」と言い、出発する数日前に、僕に一つ小さなＵＳＢメモリを渡した。

「今まで私を付け回してきた変な警察グループが、執拗に私の悪口を勤務先に言いふらし、更に通っていた台湾の仏教団体と私の故郷にまで誹謗中傷を振りまいた。『悪女』というイメージで仕立てられ、誤解されたまま死ぬと、私のお墓まで石を投げに来る人がいると思う。万が一、今回の旅先で事件や事故に遭遇した場合、どうかこの中に保存している小説を出版してください。真犯人は誰なのか、何故私を死の窮地に追い込むのか。徹底的に追求してくださ い。すべての謎は、このメモリの中に書いてあるから」

長い年月の戦い、莉莉が疲れ切った様子で、すべての苦難をあのＵＳＢに託したように、僕にそれを渡すと、「はっ」と息を吐き、安心したような顔をした。

「警察は私を外国人妻扱いにして、私の労働権と裁判する権利を巧妙に奪った。そして、被害届を出させてくれない。被害を訴えれば訴えるほど、更なる被害を受けてしまう。私は酷い目に遭ったことと、長男の無駄な犠牲には異議があったことで、どうしても出版して、世の中に伝えたい」

「どんなことが書いてあるの？」

「今までどんな事件があったのか、ミステリー小説の形で書いてみたわ。あり得ないことばかり起こったから、犯人の動機は単なる私への仕返しと、私の生命力はどれ程あるのか試したいだけと思うけど、誰が、どんなトリックを使って犯行に及んだのかを、ストーリーを中心に書いたの。それから、直近の事件から謎を提示し、時系列と逆の方向に遡って、過去の出来事に巻き戻し、事件の真相を探り、犯人を当ててもらおうと思ったの」

一見、天然ボケだと思われるが、彼女は実に頭が良さそうだ。

そのUSBメモリの内容は刑事の仕事の一環として、読む必要があるので、プリントアウトし、上司にも渡した。

それが原因なのか、今日の機内は、意外な任務を持たされているような緊張感が漂っていた。


かなり長い時間が経ち、ようやく機長のアナウンスが聞こえた。

「ただいま着陸の態勢に入りました。シートベルトの着用をお願いします」

莉莉は、興奮のあまり手をあげ、僕にハイタッチのポーズを求めた。僕は仕方がなく応じたが、嬉しい気持ちではなかった。

それというのも、この飛行機が着陸した後、彼女の運命はどの方向に向かっているのか、まだまだ読めないことがいっぱいあるからだった。

# 第一章　哲婦の挽歌

## 1

「人間が死んでしまったら、財産なんかお墓に持っていけるわけではない。だから悪いことをせず、欲張りもしない」という教義を、小さい時から敬虔な仏教徒である養父に教え込まれた。

台湾を去って、あれから三十年が経った。

配偶者ビザを取得するため、台北の裁判所で、裁判官立会いの下で大浜信介と結婚した。私達夫婦は、一度離婚し、再婚復縁したのに、再び別居十年が経過したところで、那覇家庭裁判所にて、裁判官の判決により再び離婚した。

自分の幸せを後回しにして、一回目の婚姻期間に、元夫の信介に現金を渡し、マンションと土地を買ったが、いずれも彼の名義で登記され、私には、わずかな財産分与の権利を得ることもできなかった。

絶対に台湾に戻らないという切ない過去があり、那覇を私の永遠の故郷にすると決心し、息子憲一の誕生をきっかけに、給料の安い信介を助け、普通の専業主婦より二、三倍も働いて来た。

しかし、セックスレスに耐えきった最後のエンペラー溥儀の傍に寝ていた夫人と同じように、燃えた妻の願望に合わせられない信介だったが、実は大の女好きだった。

苦しい家計の中から、簿記学院に通い、三級から一級コースという通学期間の中で、彼は授業が終わると、家に残した独りぼっちの外国人妻と幼い長男のために帰宅するでもなく、同じクラスで勉強している女性とデートしていたことを、仕事関係で偶然に知り合った人から聞いた。

「私も大浜と同じクラスで簿記を勉強したよ」

彼女は、私が大浜莉莉という名刺を差し出したと同時に、大きな歓声をあげ、驚いた様子だった。

沖縄は本当に小さい島で、いくつかのインフォメーションを上げれば、すぐに私の身分が明かされる。しかし、彼女が提供してくれたこの悲しい情報は、ほぼ性的不能だった夫に愛情を持って我慢し、上手に誘導して治してやったにもかかわらず、夫は他所の女に捧げていたのでは堪らない。最後のエンペラーは、最終的に、皇后に狂った人生を送らせ、皇后のその苦しい歩みは、私には十分に想像でき、理解ができる。

長い家庭内離婚の年月が流れ、息子達のため、一回目の離婚が成立するまでに、二回も那覇家裁で調停してもらい、平成十一年九月に、とうとう信介と調停離婚をした。

毎回の離婚調停申立書に書き込んだ理由は、一度も変更したことがない。夫は、生活費を渡さず、性的にも不能。妻に対する精神的な虐待……という項目しか思いつかない。

息子の憲一が一人っ子では可哀想だと、頑張って作った弟の英司の親権も信介に奪われた。憲一が高校一年生の時だった。

離婚後も、信介の仕事に影響が出ないように、夕方は必ず元の家に戻り、息子達のために夕食を用意した。しかし、同じく晩ご飯を作るために、一旦家に戻ってきた信介と鉢合わせしてしまった。彼は子供達の心理を配慮せず、大声で、乱暴に私を追い払った。そんな姿を、何度も息子達の目に映す訳にはいかないと判断し、沖縄を出ることにした。

2

妹がロサンゼルスに永住している関係もあり、大学時代の友人の紹介でお見合いをし、再婚したのを機に、米国に渡ることとなった。再婚相手は、日本大手航空会社の孫会社の副社長に当たる人物で、アメリカの市民権を持ち、名前はロバート藤本という。

ベーカーズフィールドには会社から支給された3ＬＤＫの寮にも、トーランス市にある敷地二百坪を有する自宅にも、前庭と裏庭とも広い芝生で覆われ、垣根は豪壮な佇まいのエメラルドグリーンのコニファーで囲まれ、円錐形の樹形に整えられている。庭師が定期的に手入れをしてくれるから、アメリカ人夫婦のように自分で重い機械を押しながら、草刈りなどの仕事をしなくて良い。

お昼は、二人ともパイロット訓練学校の食堂を利用し、夜は和食か中華料理のレストランで晩ご飯を食べたりして、時にはイタリアンのレストランで一食に三百ドルも費やし、ウェイターの代わりにお店のマネージャーさん自ら料理を運ぶ役をしてくれたことがある。

当然、外食の大半はロバートが決め、会社の経費で賄い、私はまったく食事の支度をする必要がなかった。

「二人だけの幸せに乾杯！」彼が望んでいるのは、ラブラブでロマンチックな夫婦生活だ。

「お前は最高の女だ！」と言ってくれた。

「お前は、ベッドで待っていればいい」日本国内では、大概良妻賢母を期待することに違いないが、彼の考え方と価値観は、日本人でありながらも日本式ではない。

週末になると、二人はセレブが集まるゴルフ場に通う。

日本大手企業台北事務所時代の上司は「沖縄のボーイフレンドとは結婚するな」と言い、社内結婚を斡旋してくれたりと心配してくれたものだが、彼も私が大手航空会社の人と再婚したことを喜んでくれた。

「良かったじゃないか。莉莉は、そもそも優雅な生活を送るべき人だから。今度、ロサンゼルスへ遊びに行くよ」

不幸の中でも、自分の幸せをやっと掴んだと思った矢先に、元夫の信介は、息子の憲一が不登校になっている事実を、私の新しい家庭に持ち込んだ。

「憲一のことで、俺が全然働けない」

「私だって、働くか、夫に養ってもらうか、でないとやっていけないでしょう。あなたが子供の面倒をみると言ったから、私は何も請求せずに任せたのよ」

本来親権者である信介が、全責任を負わなくてはいけないものを、平気で遠く米国で生活を送っている私に丸投げして、長男の世話役を強いた。

そうとは言え、私の大好きな息子だから、心を痛めた。憲一の様子を見るために、いったん那覇に戻った。

3

将来は体育大学に行きたいと言っていたあんなに腕白だった長男は、相当に痩せてしまって、目の輝きも失せていた。

親戚も友人もいない沖縄では、長男も私も互いにとって、唯一の親友とも言えるような存在だった。しかし、私が急に沖縄から消えたことが原因なのか、いつも笑顔を見せていた少年から、笑顔と元気は消えていた。

親子との会話を深めるため、鹿児島県の指宿温泉に連れていこうと旅に出た。

それから那覇に戻ったとき、憲一は信介の前で、私に跪づいて「お母さん、アメリカに連れて行って」と懇願した。

その言葉は堪らない！　私は、結局、ごく普通の母親に過ぎない。

「分かった。アメリカに戻ったら、その準備をするよ」

憲一の肩を強く抱きながら、大きな心配事も脳内に浮かんだ。

「一生懸命に勉強することを約束してね。憲一を守るため、お母さんはまた離婚してしまう可能性がある。アメリカの大学を卒業し、立派な仕事をみつけて、お母さんを養うのよ」

どう見ても弱々しい憲一は、自信がなさそうに、指を信介に向けてさした。

信介は、息子が送ってきた合図をキャッチしたのか。

「お父さんは、お母さんの面倒をみるよ。心配しなくていい」

憲一の顔に、嬉しそうな表情が戻った。私の生活費は、信介に請求するつもりはなかったが、憲一の生活費や家賃と雑費などの支出があり、毎月十万円を振り込むように約束してもらった。

## 4

それから、長男を米国の高校に入れる準備に取り掛かった。

平成十三年の一月、憲一をロサンゼルス国際空港で迎えた。再婚した夫のロバートは、空港に着くと、ロサンゼルス空港の支店長が必ず傍で付き添うほどのＶＩＰ人物である。

パイロット訓練学校の教官人事を握り、航空会社のナンバーワンとナンバーツーとしかお付き合いしない彼にとって、この不登校の義理の息子は何かの嫌悪感を与えたのか、私達親子が合流するまで、彼はずっと遠い所から見つめていた。私の夫とは言え、憲一のことでは気を遣っていたようだ。

「息子の負担を貴方には掛けさせたくないし、家賃も支払うよ」

憲一が来る前に、ロバートに相談しておいたが、何故か彼は急に気が変わった様子だった。

「何で来たの？」

トーランスの自宅に戻り、憲一とお部屋で話をした時に、ロバートは私を外に呼び出した。

「シー」と私が指を唇に当て、「息子に聞かれたら良くないよ」

「僕は憲一の世話をしたくないんだ」

「息子の出費は全部私が負担するから……あなたに迷惑を掛けるつもりはないわ」

「いや、僕は遠慮するよ。これから毎週の週末はトーランスの家に戻るけど、平日は一人でベーカーズフィールドにいるよ」

冷え切った夫婦関係を憲一が敏感に察知したようだ。

数日後、高校の先生から電話が掛かった。

「お母さん、早く学校に来てください。緊急事態です。お母さんが来ないと救急車が出発できません」

「どうしたんですか」

「息子さんが睡眠薬を大量に飲んだそうです」

私は急いで車を発進し、学校に向かった。それから救急車の後を追い、長男と一緒に病院に入った。救急室での処置が終わり、憲一の手を握ってみたが、冷たかった。

「もう大丈夫ですよ。しばらく付き添ってあげてください。落ち着いたら、入院病棟に移ります」

「えっ、入院？」

「アメリカでは、自殺未遂の人は、全員強制入院になります」

入院の手続きをしている真っ最中に、私の携帯電話が不意に鳴った。

「ロバートの弁護士です」

「どんな御用でしょうか」

「ロバートはロサンゼルスの法廷に、あなたのお子様の退去を求める訴訟を起こした」

「私は出廷しませんよ。勝手に裁判を起こしてください。息子は自殺未遂を計ったため、今から入院します」

よりにもよってこんな時に……夫には本当に人間性があるのか。ロバートの意外な行動に呆れ、手に持っていた携帯電話が潰れるぐらい、怒りでグッと握りしめた。

夫であるロバートの世話をして、自分が楽な生活を求めるのか。大事な息子の将来を考え、助けるのか。その選択肢には全然迷いがなかった。

憲一が退院後、私は毅然とロバートの家を出た。荷物をまとめ、憲一を連れ、モーテル（自動車ホテル）を仮住まいにして、妹のクレジットスコアを使い、妹の名義でローンを組み、一カ月後、トーランスビーチに近い、海が見えるコンドミニアムを購入した。駐車スペースは二台分も確保したため、憲一が成人になって運転免許を取得したら使える。

法廷の訴訟を含め、ロバートとの離婚裁判は、弁護士に任せた。親子二人の新しい生活をスタートさせるため、憲一と一緒にホームセンターへ行き、必要な物を調達したり、家具を購入したりしていた。

家を購入したのは、ロサンゼルスの高い家賃を避けるための対策だけで、私は決して大金持ちではない。頭金の五百万円は、その全額を妹が出してくれた。残りの住宅ローンは、私が支払うことになる。

生活防衛資金を蓄えておかないといけないのに、憲一とモーテルに仮住まいをして以来、家具の購入や支払った弁護費用を差し引くと、実は、手元にはわずか百万円ぐらいのお金しか残らない。毎月、住宅ローンの返済をしなくてはいけないので、信介の送金は私と長男の生死に関わっているような重要な財源となっている。

そもそも、忘れてはいけないのは、信介は憲一の親権者だ。彼が子供達の親権をどうしてもゲットしたいということで、私は彼に対し、なんの財産分与も請求しなかったのに、今、私は独りぼっちで長男の世話をしなくてはいけない。

ロバートの家を出る前に、すでに憲一を公立高校サウス・ハイ・スクールに入学させた。通学に便利なように、学校を挟んで、ロバートの家と反対側のトーランスビーチに住居を構えた。

アメリカの永住権は、ロバートと結婚した後、僅か三週間で取得した。私はグリーンカードを所持しているため、日本のパスポートを持つ憲一は三カ月の滞在期間が過ぎても、永住権を持つ母親と同居しているので、アメリカの法律では、未成年の子に対し、入学の拒否をすることができない。

英語力測定テストの結果、憲一は英語学習者のクラスに入り、様々な国籍の外国人生徒と一緒に集中的に英語を学ぶこととなった。

ロバートに頼ってきた生活の基盤を急に失い、近いうちにロサンゼルスで就職先をみつけないとやっていけないのは目に見えている。

憲一を学校に送った後、職業訓練学校に通うことになった。

日本人と中国人の移住者が多いロサンゼルスでは、中国語と日本語で会計と簿記を習得した経験を放棄するのはもったいないと思い、一番楽に就職できる最短距離は、やはり経理の能力を活用する手段しかない。

自分の英語力は、とてもネイティブスピーカーのアメリカ人に追いつかないと自覚しているので、コンピューター会計と銀行出納員の勉強コースを申込んだ。資格をきっちりと取れば、銀行の窓口などで働くチャンスがあるはずだと聞いた。

憲一が退院後、コミュニティーの医療機構へ定期的に連れていき、カウンセリングを受けさせた。また、放課後によく近くの公園にバドミントンに誘った。体を動かすのが好きだった憲一に、一日でも早く元気になってほしいからだ。

しかし、憲一は情緒不安定な時期があり、折悪く病院が休診の日などは、遠くＵＣＬＡ附属病院の救急センターまで駆け込んだこともある。

心の中で、心配と希望を同時に抱き、憲一に贅沢な要求をせず、ただただ毎日楽しく学校に通ってもらえば幸せだと思った。

憲一は、毎朝規律よく起こされるのが嫌なのか、とうとう重いソファなどの家具を私の寝室の前に置き、扉が開けられないようにしてしまった。部屋の出口を塞がれたことで、私はさすがに怒った。

「学校に行こうね。そうでないと、日本に返すよ」

この言葉が少し効いたのか、憲一は暫くおとなしくなったが、長続きはしなかった。

しかし、ある日を境に、毎日のように家の留守番電話に、学校から機械的に流れる音声メッセージが録音されていた。

「お宅のお子様は、今日も学校に来ていません」

間違い電話だと思って無視したが、あまりに何回も繰り返したので、担任の先生に電話した。

「息子がちゃんと学校に入ったのを確認しましたが……」

「残念ですが、学校には来ていません」

毎日マメに憲一を学校に送り、「バイバイ」と言われた後も、校門に入るのをじっと見つめ、車に乗ったまま暫く学校の外で様子をみていたのに、息子に裏切られたのだ。

「今日は、本当に学校に行ったの」

「行ったよ」

「嘘つき。学校から電話があったよ」

「地下鉄に乗って、ダウンタウンまで行った」

「どうやって行ったの。遠いのに、道分かるの」

「バスに乗って、地下鉄に乗り換えて、ユニオンステーションまで行ったよ」

「ロサンゼルスに地下鉄があるの」

「あるよ。知らないの」

「お前は天才だね。ロサンゼルスのバスは、横か縦かの路線しか走らないのに、よく道を覚えたね」

「まあ〜ね」

憲一が照れくさそうに悪戯が見つかった時のような顔をしたので、どうやって怒ったらいいか分からなくなってしまった。

夏休みの前に、私は順調に職業訓練を終え、銀行出納員の資格を手に入れた。

5

小さい頃、憲一は素直に喜んで写真を撮らせてくれたのに、ロサンゼルスの校門の前では、記念撮影をしようと思ったら、カメラを強く振り払って、落とそうとした。

更に不思議なことに、大好きなピザを注文してやったら、食べながら、私の悪口を言う。というより、まるでテープレコーダーのように、元夫の信介が親戚の前で、私の悪口を言っているようにリプレイした。信介は、無意識に自分の心の葛藤を解決する手段として、私の悪口を沖縄で言いふらしたけれど、教育には望ましくない。親子の心理を映し出したことに気付かなかった。幸福度の高い子どもを育てるには、適切ではなかった。

「I love you」

不登校の現象が続き、日本語では通じ合えない妹が、憲一に英語で自分の愛情を伝えた。そして、リフレッシュさせるため、旅費を提供してくれ、夏休みの間に、私達親子が憲一の希望した通り、サンフランシスコへと遊びに出かけた。

ハイウェイを利用し、ホテルに泊まりながら、マイペースで北上した。ゴールデン・ゲート・ブリッジを通過し、サンフランシスコのダウンタウンからケーブルカーに乗り、フィッシャーマンズ・ワーフまで行った。

建ち並ぶ屋台に、いろんな海鮮料理が並べられ、食欲をそそる。憲一は、身がぎっしりと詰まったロブスターのロールを注文した。

その翌日には、憧れのUCバグレーにも見学しに行った。

家に戻り、久々に通帳記帳をしてみたら、信介は六月から送金していない。やはり妻に生活費を渡さないような人間は、急に変わるわけではない。お金のことで喧嘩するのを避け、信介の給料も、年に二回のボーナスも彼が蓄え、将来息子達の大学費用は、信介が全額負担するという夫婦間の約束があった。

一回目の離婚時に、八カ月間も親権を争った。早く決まらないと、家裁から地方裁判所に回すと調停委員に言われた時に、私は自ら財産分与の権利を放棄し、親権を信介に譲った。親権を持つ信介は、全責任で息子達の養育費を支払わなければならないのが当然だが、何故この約束が守れないのか。

そもそも私は一度も信介の預金通帳やボーナス、それから給料の全額を預かったことがない。離婚を機にお金のことで争うことがなくなるのであれば、財産分与なんかにこだわらなくてもいいし、親権を譲っても仕方がないと思った。しかし、信介は、共同財産を手放したくないために、共同財産を譲り受けるということと、親権者としての責任を果たさなければならないという真の調停離婚の意味を理解していなかった。

本来なら、共同財産を譲り受けた親権者である信介が子供達の面倒をみることになっていたにもかかわらず、アメリカで再婚した私に不登校の長男の世話を押し付けてきた。

憲一の生活費と家賃を支払うこととなり、私が犠牲になった分は、信介が補填しないと不公平なことになるのに、日本の法律では、このような男を制裁する力さえ持っていないのだ。

息子達のことを可愛がっていた信介は、きっと息子達の将来を見据え、約束したことをしっかりと守るだろうと信じ込んだ。かけがえのない息子との絆は、決してお金で交換できるようなものではないと、そんなことすら分からない信介のことは、本当に情けないと思った。

# 6

やがて新しい学年が始まった。

憲一の学校生活が落ち着いたら、就職活動をしようと考えたところに、学校からまた留守番電話に欠席メッセージが残されていた。

「ダメじゃない！　学校に真面目に通うことを約束したよね。高校ぐらい卒業しないで、どうするの」

今までにない厳しい顔で憲一に向け、文句を言い続けると、突然、憲一が手に持っていたガラスコップを私に投げつけた。掛けていた眼鏡が飛ばされ、顔に傷つき、かなりの血が流れた。

「きゃ！」

驚きと悔しさと共に泣き叫んでいた私は、あまりにも衝撃的な出来事だったので、その後はどうやって処置したのか、完全に記憶から消えてしまった。

親権者である信介から生活費の送金がない状況に陥り、長男が不登校の問題が続き、どうやって立ち向かうか。これからどんなに長い道のりが始まるのか。悲観的になってしまい、想像すらしたくないほど悶々とした。

一方、ストレスが溜まったのが原因なのか、憲一の奥の歯が痛みだし、親知らずを抜くことになったが、保険が効かず、二本を抜くだけで十四万円も掛かった。更に、空しい気持を満たすためか、高額な買い物ばかり求められ、二十万円のギターもねだられて買わされた。

「もう日本に返すしかないなあ」

ため息をついた私に、憲一はこう反発した。

「アメリカでは、十八歳になると成人になるから、僕は自由に自分のしたいことをしていいと、担任の先生に言われたよ」

「成人になったから自由になれるのではなく、お前は何ができ、何をしたいのかを責任を持って考えなくてはいけないよ」

学校に行きたくない憲一は、やがて日本に返されることを察知したのか、逃げる準備をしていたことが後で分かった。

平成十三年十二月二日、憲一が十八歳の誕生日を迎える前夜、プレゼントを買うため、大型ショッピングモールに連れて行った。

憲一にジーンズとジャケットなどを買ってあげた後、ショッピングモールの一番北側にあるレストランで食事を取った。

「トイレに行って来るね」

しかしこう告げた憲一は、再びレストランに戻ることがなかった。

三時間が経ち、やがて閉店の時間が迫り、レストランの協力を得て、日本語で、ショッピングモール内放送で迷子のアナウンスをしたが、戻る気配がなかったため、警察に通報した。

巨大なモールだし、やがてすべての店舗が閉店した。

「ショッピングモールの北側に総合病院がありますよね」警察が私に確認した。

「はい」

「二つの施設の間に、トーランス・ブールバートという道路に車で移動してください」

「はい」

「道沿いに車を止め、そこで待っていてください。警察はあなたの車両番号を探しに行きますから」

警察に指示された通り、路肩に車を止め、車内で待っていた。

パトカーが到着する前に、私の上空にすでに警察のヘリコプターが旋回していた。

やがてパトカーが到着し、警察は私から得た憲一の情報をヘリコプターに向け、無線で報告した。

「さすがアメリカだ!」とつぶやき、「パトカーよりもヘリコプターの方が先に出動し、未成年の迷子を捜すなんて」

警察がやり取りを終え、私に意見を求めた。

「どんな方法が一番早く息子さんを見つけられますか」

それは、また「さすがのアメリカだ！」と内心で叫んだ。

日本で傲慢な警察ばかりを見てきたが、「ＹＥＳ、マダム」と相槌を打ちながら、私の話をじっくりと聞いていたアメリカの警察官に、敬意を持った。

「息子は、モントレーパークに住んでいる妹の住居に、何度か行ったことがあるので、そこに現れる可能性があると思います」

妹とは言葉が通じなくても、憲一は叔母の愛情を感じ取っていたようだ。日本に戻りたくない憲一は、叔母がなんとかしてくれるだろうと思ったはずだ。

結局、憲一は妹の家の庭で発見されたが、妹は外出していて、すぐに連絡が取れなかったため、警察に保護された。

不登校になってしまった憲一の父親である信介は、六月以降、養育費の送金がなかったため、何度も催促してみたが、一向に送って来ない。途方に暮れ、憲一を日本に返し、私はロサンゼルスに残ることにしようかと考えていた。

「あの男と、お金のことで再び喧嘩したくないの」

「憲一は、不登校の問題を起こしてしまって、弟の英司も問題が起きないという保証がない。お姉ちゃん、お願いだから、二人の息子の傍に戻ってあげてちょうだい。お芝居してもいいから、息子達の前で幸せな家庭を演じて見せて」と妹に懇願された。

「あの男は、想像を絶するほどの欲張りだよ。お金を出さなくて済むなら、いくらでも喧嘩に応じる。大義名分で説明されても平気」

「子供達を成人になるまで育てるのは親の責任で、いわば天職だから、信介お兄さんは、きっと協力するよ」

「信じられないほど天邪鬼だよ。私の足を引っ張るのが大好きな人なの。私が親権を欲しいということを知っていたら、親権を奪う。そのくせ不登校のことで親権を私に丸投げした。息子の事をしっかりと見守ってくださいねという意味で、財産分与を請求しなかったのに、今はすべての負担を私が背負わなくてはいけない」

「別に無理に彼と復縁しなくてもいいから。息子達と一緒に生活できるのであれば、近くで家を借りたり、買ったりするなり、私ができる範囲内でお姉ちゃんを応援するよ」

「財産分与を請求しなかった私が、親権者の代わりに不登校の長男の生活をみているのに、あの人はいつも何もしてくれない」

「憲一は学歴がない分、技術を身につけなければ、悲観的な将来が待っているよ。親が頑張れる年齢は、せいぜい六十歳まででしょう。だから、それまでに最低でもなんとか食べていけるように職業訓練を受けさせないとね」

「両親とも大卒なのに、子供が高校さえ出ていないのが悲しい」

「お姉ちゃんが子供達の傍にいるなら、まだまだ希望があるから、心配しないでね。買ったばかりのコンドミニアムを売却したら、そのお金をキープしとくから、お金がほしい時に、いつでも相談して」

折角取得したアメリカの永住権と購入した住宅は、憲一が登校拒否を続けた原因で放棄せざるを得ない。気が狂いそうになったが、帰国の準備を着々と進めた。

幸いコンドミニアムの買主を順調に見つけ、売買代金の決済や不動産の引き渡しなども無事に済み、買ってすぐ売ってしまった二回の手数料を差し引いても、売却損は生じなかった。

平成十三年の暮れに、敗戦したかのような気分で憲一を連れ、ロサンゼルス空港から沖縄へと引き揚げることとなった。

ロバートの耳に入らないように、彼が勤めるＡＮＡを利用しないことにした。しかし、ＡＮＡロサンゼルス空港の支店長の目を避けるため、慌ててしまったのが原因か、グリーンカードを落としてしまい、空港内のアナウンスが何度も繰り返し、私を呼び出した。

「フジモト・リーリー様、受付カウンターまでお越しください」

この特殊の名前は、やはり支店長の耳に入った。

ＪＡＬの待合室で、二つの日本大手航空会社のロサンゼルス空港に駐在する支店長とも来ていた。私は、極力顔を隠すようにし、前の座席を抱えるようにして寝たふりをしていた。

長い長い待ち時間の間、希望に満ち溢れていたはずのロサンゼルスの街を後にするのが実に辛かった。

## 7

沖縄に戻ると、憲一は酷い引きこもりになってしまい、親の心労は当事者でないと、とても想像できないものがあった。

信介は、やっと私の存在を重要視し、私の意見を聞くようになったように思えた。戻ってきた当初、憲一の復学について交渉したものの、高校の校長は首を縦に振ってくれず途方に暮れた。信介は何度も学校に足を運び、相談しに行ったが、結局「NHK学園に行ってみてはどうでしょうか」と言われ、不登校の憲一は、高校に見捨てられた。

その反面、二、三年間ほったらかしにした二男の英司は、推薦入試で、県内で一番優秀とも言えるほどの那覇の高校に入学した。入学式の時に、一番目で呼ばれた英司の姿を見て、涙が止まらなかった。息子二人のうち、一人は落ちこぼれ、一人は頂点に立っている。複雑な気持ちで、英司の入学式を見守っていた。

引きこもっている憲一は、親の目を盗んでは頻繁に家出をしたりしていた。元夫の信介は昔と違って、協力的になり、朝は必ず英司を学校へ送ってから自分の会社に出勤するようになった。

土日は、憲一を通信制学校に連れて行き、授業が終わると、すぐに迎えに行くことで、段々落着きが見え、その年の一回目の大検は、免除科目を含め、理科より後一科目合格すれば、高卒認定になる。同年十一月にすべての科目が合格したことで、早速法政大学の通信制大学に本科生の申し込みをし、入学許可を得た。

憲一に明るい兆しが現れ、大学に入学したと同時に、信介が豹変した。

アメリカから戻って間もない頃、私達家族が住む同じマンションの三階の住戸は、ちょうどオーナーが退職金をもらい、他所で一戸建ての家を建てたので、信介にその住戸の買取りの打診をしてきた。

息子達の大学費用が一番必要なこの時期に、信介は二つ目のローンを組み、購入するつもりだった。信介の名義で登記したこのマンションの土地は、実は、一回目の婚姻期間中、私が偶然に得た情報で、すべての現金を崩し、信介に渡し、裁判所の競売物件から入札して購入したものである。

この土地は、実は私達が最初に買った住戸の敷地に当たり、普通のマンションと違って、この建物のすべての住民は借地権があるが、敷地権の百パーセントは地主が持っている。

この五階建ての建物は、一階ごとに違うオーナーがいる。私達夫婦は最初に買ったのが、この建物の五階に当たる部分の住戸だった。地震か災害で潰れると、折角買った家屋はゼロに等しい。なので、この土地を買うことによって、自分の住まいは確実に確保されたうえ、他の住戸のオーナーから土地代を徴収できるメリットがある。

信介の給料は、皮肉なことに、勤続三十年近くとは言え、五十二歳の時点で二十五万円しかなかった。

私は普通の専業主婦よりも二、三倍働かなければ、そして、知恵を絞らなければ、信介の給料ではとても家を買い、土地を購入できるはずがない。というより、彼の収入で家族が生活するのがやっとだった。この土地を落札した時、信介の名義でローンを組み、現在もまだ残債が残っている。憲一が大学に入り、英司がこれから大学試験を受けるので、とても二つ目のローンを組む余裕がない。ただ、資産運営の観点からすると、地主が他のフロアの借地権を持つ住民から住戸を全部回収するなら、土地価格一坪は百万円も超える、この高級住宅街に所在する土地はとてもメリットのある投資になる。二重の負債を避けるため、アメリカにいる妹の言葉を思い出し、借金の相談をしてみた。

一回目の離婚時にあった教訓を忘れず、購入資金を出さない信介に再び不動産の登記をさせたら最悪なことになる。口約束を守ってくれなかった彼には、署名入りの書面を残してもらわないと、後々揉め事になる。まだ再婚をしていないこの時、私の妹からの借金で購入したこの物件は、将来返済しないといけないものだよと、信介に返済の念書を書かせた。

日本に戻った時、ロバートとの離婚成立からまだ三カ月しか経っていない。ロサンゼルス法廷の判決により、ロバートからもらった生活費の応援があり、コンドミニアムの売却代金も含め、アメリカからの送金は、私の特有財産であることが明らかである。

しかし、結論からいうと、今になって、それらの送金は完全に信介のものになってしまった。日本の法律は、本当に私のような弱者の立場に立って、妻であり、母親である女性を守ってくれているのか。

独身時代に勤めていた大手企業の台北事務所の上司は、私に日本人女性の理想像を教え込んだ。

「妻は夫を仕事に送り出し、女は家で子供を守り、家事をこなす」

こんな理想像を沖縄で実行したうえに、そもそも体力のない女である私は、無理をして男のようにフルタイムの形で働き続けた。

出勤する前に、保育園の送迎も私一人でやった。息子二人の準備を整え、自分もスーツに着替え、出掛けようと思ったら、まだ赤ん坊だった二男坊が漏らしてしまい、再び風呂場に走り、お尻を洗ってからオムツを換えて、やっと出かけることができた。

夕方、息子達を迎え、家に戻る前にスーパーで夕食の材料を買いに行き、その帰りにエレベーターのない五階にある自宅に上がるのに、重い食材と自分のハンドバッグに、英司が保育園で使うオムツ等のカバンまで抱え、更にまだ上手に歩けない英司を抱っこしなくてはいけない。英司が一人で五階まで上がるのは、とても危ないことだから、大変な重労働だった。

給料もボーナスも妻に渡さない信介を助け、沖縄県警及び裁判所の強権に交え、私の財産を強引に信介に与えたことは、あまりに皮肉な結末となった。

これは、決して単純な家庭内の揉め事として、笑って済まされるような問題ではない。

憲一が不登校の状況から、大学に進学できた途端に、信介は私に金銭的な余裕があると思い込み、二人が息子の将来のためにした約束を破った。そのため平成十六年に私は再び那覇家庭裁判所へ離婚の調停を申立てた。

しかし、不運にもその年の五月に、沖縄県警に道路標識の過ち及び警察内部同僚間の不正があり、それに対してのクレームを入れた。それから私は県庁交通課の案内で、県警本部へ相談しに行った時に、私が以前アメリカに渡る前に面接を装ったセクハラ（実は強姦だった）に遭い、裁判を起こしたことや受けた被害について、担当の警察官に話をしたが、却ってそのことは、私達家族の崩壊につながる原因になってしまった。

信介と二回目の離婚が成立するまでの長い年月の間、私の運命は完全に沖縄県警に握られていた。長男を自立させようと努力している私を潰し、私の肝心な役目を無視し、警察庁に介したのか、卑劣にも事実に反した誤った情報を私の居住地を所轄する警視庁と埼玉県警に伝え、私達家族をバラバラにして、憲一を自殺に追い込んだ。

不登校の子供がいるのに、信介が何を狙っているのか。財テクの一環として妹からの送金で買ったあの物件は、結局、自分のものにしたいだけで、息子達の教育のことを最優先に考えるべきなのに、沖縄県警に利用され、県警は私の信頼を裏切り、そのセクハラ裁判の内容を、私がその被告である社長と、実は「不倫関係」だと信介に伝えた。

警察が被害者を守る責務を果たさず、刑事告訴に切り替えるアドバイスもせず、警察としての守秘義務に反し、信介の個人探偵のようになり、でっち上げた造言ばかりを信介に流した。

結局、私の財産を狙っていた信介にとって、警察からの情報が好都合になり、それを悪用し、私に執拗に慰謝料の請求をしてきた。

憲一のことはまだ油断できない大事な時期に、信介の慰謝料稼ぎの構えには、頭から血が噴出しそうなほど憎かった。

仮に沖縄県警が信介に伝えたその嘘の情報が事実であっても、一回目の離婚時に、すべての清算が終わり、私達夫婦は一旦リセットされたはずだ。学生時代に法律を専攻していた彼は、一度精算されたことに対して慰謝料の請求ができないことを知っているはずなのに、息子達の母親である私を助けるどころか、沖縄県警と連携し、私を踏み潰した。

結局、被害者である妻を助けず、毎日のように事実に反する不倫に関する文句をブツブツと言い、攻めて来た信介のしつこさに耐えきれず、精神的に参ってしまい、衝動的に椅子の上にあがり、天井にひもを掛け、彼の目の前で自殺を図った。

ひもが弱かったため、体重でひもが切れてしまい、畳の上にドンと落ちた。ふと目を開けた瞬間、信介は私に不気味な微笑みを見せた。気持ちが悪くて、許せないと思った。

「卑劣だ！」

信介の兄弟を呼び、誠意のある声をあげてもらえると期待していた。首にはまだ赤い跡が残り、痛みを感じていた私に、彼の兄弟達は更に追い打ちを掛けるかのような言葉を浴びせ、私を悪者扱いし、信介に味方した。

私は、親戚も友人も誰一人いない沖縄に嫁にきたので、相談できる人がいなかった。そこで信介の沖縄の親戚に、信介が生活費と憲一が東京で大学に通うための賃貸物件の敷金などを全然払わないことを伝えたところ、あろうことか沖縄の親戚一同から逆襲された。

味方がどこにもいない。愚痴をこぼす相手さえいないこの土地で、最終的な手段としては、当然裁判所に助けを求めるしかない。

その離婚調停は、信介が親権者として、息子の憲一がアメリカにいた時に私が立て替えた生活費用を弁償しなくてはいけないということだ。息子達にとって、今が非常に重要な時期だと判断され、信介が離婚を拒否したことが原因で、婚姻費用の分担調停が成立した。

平成十六年十一月に、二人は家裁での別居合意があったので、婚姻費用という名目を使わずに「養育費」という言葉が使われた。言い換えれば、一般の離婚による未成年の子供達に与える養育費と違い、息子達がこれから四年間の大学に通う最低限の食費と家賃の計算だけだった。大学の入学金、授業料、書籍費用などは、誰が負担するか、信介の給料は安いから調停調書には明言していないが、子供達の将来の大学費用は、そもそも全額信介が負担するという夫婦間の約束があったのと、一回目の離婚中、私が親権者の肩代わりに支払った諸々費用があるので、離婚調停の場で父親である信介に返還請求を求めた。しかし、離婚が不成立になり、婚姻費用の分担請求に切り替えたことによる債務名義とは、父親としての当然の義務にすぎない。

折角、大学に入学した憲一のことを可愛がって、信介の両親は、家庭裁判所の調停に全面的に協力すると言い、別居中信介のことを世話する約束をしてくれた。

「信介の食事は全部うちで面倒をみるよ。そうすれば、お金の支出も減るし、心配しなくていいでしょう。その代わり、しっかりと憲一を見守ってくださいね」

実家の応援があり、当事者間は別居中のことを考え、事前にいくつかの約束事を協議書で取り交わし、これによって再び首吊り自殺に追い込まれる心配もないだろうと思い、やっと安心して息子達と東京で新しい生活が始められると思いきや、すべてのことは予想外の方向へと転換した。

## 8

遠因は、同年五月に私が沖縄県警に相談した内容にあった。

トラブルの発端は、那覇署の警察官が多く待機し、バス専用道路を走行する運転手にジャンジャン罰金切符を発行していたが、私が過ちのある道路標識だったことを指摘したことにより、仕返しのつもりか、その数日後、私の車を追い越し、警察同僚間が呼び合い、車の衝突事故の見分に当て、事後私を百パーセントが悪いという事故調書を作られた。

そのことに対してのクレームがあり、交通課に事前に電話し、沖縄県警警察本部に相談しに来てくださいと言われ、県警本部を訪れた訳だ。

「警備部の者です」

相談の担当者が慎む態度で私の相談に臨み、お茶まで出してくれた。警察の不祥事が相次いだので、「警備部」の警官がきっと私の安全を「警備」してくれるものと思い込んだ。

その後、衝突事故に関するトラブルはどう処分されたか分からないが、例のセクハラ裁判の被告とは「不倫関係」があるという情報を、今回の相談をきっかけに信介に伝えた。

この小さい島で、ちっぽけなことでも大きく騒ぎ、私はきっと警察の間で有名人になった。

アメリカに滞在していた時に、AEONクレジットカードに私の決済口座にあったすべてのお金をゼロまで引き落とされ、更に残高不足という理由で、その不足分まで強引に取立てられたのに、カードの使用明細書は何度も請求したが、一向に提示してくれないトラブルで警察に相談したけれど、門前払いされ、裁判になった。それに加えて、以前SARSが流行った時に、私が読者の立場で沖縄新報に誤報を正してもらいたいとの意見を送ったことがある。それらのことで、私は突然沖縄県民の敵にされ、テロリストの罪に仕立てられたのか、埼玉県に引越した後、管轄のK署から二人の警察官が名刺を持って、私の勤務先を訪れ、テロリストの話をしにきた。その後、自衛隊員が私の職場である外国人向けゲストハウスに入居した直後に、上京後、三度目の「即不当解雇」の運命に見舞われた。

平成十六年、那覇家裁調停の場で、調停委員が私の責任感と長男を救う強い意志を認め、頂いた債務名義は、非のあった沖縄県警が家庭内の実情を無視し、家庭裁判所の権限を越え、同じ沖縄出身の信介を庇う形で、大物政治家の力を借り、関東エリアで活動できるようにし、私に仕返しする目的だけで、将来有望な青年である長男と二男を含め、私達家族を悲劇的な犠牲者にした。

沖縄県警は、絶対の権利を持ち、上京後の住居地を所轄する警視庁や埼玉県警に、日本国籍を持つ私を、不法滞在が多い「中国人」のように扱い、「婚姻期間は三年間しかない」のに、「夫と同居しない外国人妻」として追い詰め、労働権を剥奪し、公正な裁判を受ける権利さえ、法廷を乗っ取った感じで、残虐且つ仰天な手法で私達親子三人の希望と権利を奪った。

那覇家裁から受け取った強制執行できる養育費という債務名義と裏腹にされ、多くの謎に包まれた中、私は正体不明の警察グループの無防備な攻撃に襲われ、受け取るべき権利が受けられず、長男が亡くなるまで、あり得ない事件が続出した。最終的に長男が警察に自殺教唆され、と言うか、殺された直後に、むしろ私への惨烈な弾圧が一層エスカレートした。

長男の憲一は亡くなる前に、ビル管理の勉強で職業訓練学校に入学し、授業に欠席も遅刻もせずに、真面目に通っていた。職業訓練を受ける前に、東洋大学に合格した。

東洋大学に入学してからの一年目は、順調に単位を取り、母親と弟の付き添いがあったので、早いテンポで回復し、学業との生活にもなれた。

本来、信介は子供達の教育費を四年間支払わなければならないという那覇家裁からの債務名義があったが、履行しなかったため、取立訴訟を起こす代わりに、四年間の期限が過ぎても、長男が卒業するまで責任を持って面倒を見ることに合意したが、信介の異常な金銭欲のせいで、二年目後半の授業料を払わず、それが原因で、憲一は大学を退学しなければならなくなった。結局、長男の将来を見捨てた。

こんな無責任な夫を相手にしていては、家族全員ダメになってしまう。信介の口車に乗って那覇でアルバイトをするため帰郷していた憲一を、埼玉に戻し、職業訓練を受けさせる道を進めた。

子供達に苦労させずに大学を受けさせせたい気持ちで、一生懸命に働いてきた。また、病気治療の長男には暫く無菌な環境で安心して学校生活を通し、社会復帰という目的で債務名義の力を借り、無事に四年間の学校生活を終えてもらいたい本心があった。結局、お金を惜しがって、長男に大学を卒業させる意志がない信介に足を引っ張られ、あらゆる計画が無残な形で終わってしまった。

債務名義に履行せず、妻に一円の生活応援もしない上に、彼の代わりに二人の息子の面倒を見ている妻である私の国民年金第三号の資格も取り消したため、例え私が失業していても、女性の立場が弱い日本という社会に立ち、障害を持つかもしれない長男の母親である私は、収入がない上に、自分で健康保険と国民年金の保険料を支払わなくてはいけないダブルパンチの窮地に追い込まれた。

「憲一を連れて、沖縄に戻っていいですか」

私の問いかけに、信介からの返答はなかった。

平成十六年、那覇家裁で私達夫婦が合意した計画があり、不登校だった長男が大学生活が無事に終え、立派な社会人になってもらう本旨で、離婚調停から婚姻費用の分担調停に切り替わった。しかし、今になって分かったが、信介が離婚に応じないのは、親権者としての損害賠償や、私が今まで払った養育費を返済しなければならないからだ。婚姻費用を分担するという約束をして、結局守らずに身勝手な行動で、債務名義の強制力を信じた私のすべての貯蓄、給料、失業保険と私の兄弟からの送金を吸い取り、私達の希望を全部封じ込めてしまった。

私達親子三人が上京して以来、彼に債務名義の振り込みを催促する度に、いつも喧嘩で終わり、何も解決できないので、電話も手紙もやめた。債務名義の送金がないうえに、私の健康保険も年金の保証も全部取り上げてしまい、予想外の状況になってしまった。

そんな時、私は偶然に竹内辰也という男性に出会った。彼は医療機器メーカーに勤めているが、経営不振で、給料が半額しかもらえない中、遺伝性の糖尿病を抱えながらも、八十四歳の老いた母親に送金しなくてはいけないという状況に置かれていた。

「父はギャンブル好きで、給料を家に入れない。お袋を見捨てて、とうとう僕が大学に入った時に行方不明になった。生活費が夫からもらえない君の立場は十分に理解できる」

性格が良さそうで、愚痴を素直に聞いてくれる竹内の優しい心遣いに惹かれ、保護者気質な私は、何とか助けてあげたい気持ちが湧いてきた。少なくとも、糖尿病患者は食事に気を遣わねばならない。毎週会う度に、一週間分のおかずを作って冷凍し、栄養な面とカロリー制限のことも配慮した食事を取れるように工夫してやった。

「うちの会社は潰れそうだが、電気の技術者が足りないので、もし、憲一君が安い給料でも働いてくれるなら、僕が電気の技術を教えてやるよ。社長は私と凄く仲がいいので、入社することができると思う」

憲一は、アメリカでの進学がうまく行かなかったが、本人の希望もあり、最終的に東洋大学に入学したが、父親が協力しない原因で、卒業は困難だった。

私は自分の幸せを犠牲にし、心身とも弱った憲一のことを守り、高年収のロバートの元も離れ、沖縄に戻った。それは、長男憲一の人生を挽回したいからだった。

せめて食べていけるような職につける技術を身につけてほしい。それなのに、信介の無責任な行動により、憲一の未来に支障が出てしまった。

那覇家裁での調停は、別居の合意があったうえに、当事者間が「別居中、お互いに対し、浮気という名目を理由に慰謝料の請求ができない」と協議書に明記した。しかし、上京後、私の交友関係に異常に干渉する警察に、私達夫婦間の約束があったことを訴えたが、無視され、余計に信介の個人探偵のようになっていた。都内の親水公園で沖縄県警らしき男性が大きなカメラを構え、私に向けた。

憲一を守るため、私がロバートの家を出てから、離婚が成立するまで、生活基盤を失い、一年間近くセックスレスに苦しみ、憲一の問題で精神的な苦痛を抱え、アメリカで死にそうな思いに耐えきった。

例の那覇家裁の調停があって、上京して以来、同じくセックスレスの問題に悩み、一人で憲一のことに立ち向かう現状から、なんとか精神的な安定を保つことも非常に重要な課題だと思い、当事者間が「浮気という名目で相手を訴えない」との約束があった背景に、私の考え方とやり方があるからだった。刑事事件に関係ないことなのに、何故か警察にいちいち付きまとわれた。

私の「浮気」に対し、警察がメールフレンドと偽り、違法なおとり捜査をし、更にラブホテル街にまで、しつこく私を尾行し続けた。

困った末に、信介と家裁での調停やお互いに取り交わした「協議書」を持って、法テラスなどの法律相談を利用し、複数の弁護士の意見を求め、回答を頂いた。

「破綻した後の別居は、慰謝料請求ができない」

すべての弁護士が同じことを言ってくれたから、私はそれ以上に信介に振り回されたくないと決心した。憲一のことを一日でも早く良い方向に持っていきたいという考えから、竹内と協力し合って、互いに支え合う仲間となった。彼は、一度も結婚したことがない割に、困窮な立場に追い込まれた母親である私に同情し、長男のことを助けてあげたい気持ちが強いと言っていた。

精神的にも経済的にも最悪な状態に置かれ、私一人だけの力では、とても乗り切れない。信介が私達親子を見捨てた以上、彼との間にあった「協議書」の約束を信じ、自分なりのプロジェクトを改め、憲一が就職できる目的が達成するなら、それを優先にすればいいと決めた。

## 9

平成二十四年五月一日、長男の憲一が突然自殺した。

憲一には、まだ油断できない部分があった――。それが精神的な病なのか、単なる心の問題なのか、将来は本当に自分の力で食べていけるのか、いろんな不安の中、取りあえず長男の名義で、四百八十万円で中古のマンションを購入し、手持ち金は、ほぼゼロになった。過去に何度も不当解雇に遭っていた私は、安定しない収入の中、高い家賃の支払いを避けるため、安いマンションでもいいから買っておいた方がいいと思った。

初めて沖縄へ嫁いで以来、私は、何度もゼロからスタートした経験があった。現金がなくなっても、どんな仕事でも頑張るから大丈夫だと決心した。

将来運よく、憲一が働けるようになったら返済してもらえばいいとの考えで物件を購入したが、彼が亡くなってしまった今、私は、憲一の相続人になってしまった。

アメリカの妹に、ロバートがくれた車とゴルフ道具等の売却を頼んでおいたので、私が帰国した後も売却代金二百万円という残高があり、それを送金してもらったお金と私の給料や失業保険などで購入した物件なのに、信介もまたしても何の苦労もせずに、憲一の法的相続人となった。

憲一名義のマンションは、彼が亡くなったことによって、真の所有者である私は、売ることも貸すこともできない上に、マンションの管理費と修繕費が来る七月に倍に上がる予定との通知が来たため、信介と二男の英司にそれぞれ手紙を出し、相続の問題で那覇に向った。

本来なら、最愛の家族であった憲一の死を、残った親子三人で悼むはずだが、かつて住んでいた那覇市の自宅には、信介も英司も住んでいる様子がない。隣人に確認した結果、前日に二人が荷物を運んで引っ越したそうだ。

悲しみをこらえ、一人で那覇家裁へ足を運ばざるを得なくなった。信介は、このように私を裏切った以上、家庭裁判所に遺産分割のことを裁決してもらうしかない。そのついでに、離婚調停も中立てた。

絶望的な境遇に立たされ、いろいろなところに生活費を使ってしまい、手持ち金がない私は、やがて値上がりするマンションの管理費の支払いに迫り、相続権の利益だけは信介に主張され、今まで払ってくれなかった養育費は、どうしてくれるのか。また、この相続物件の真実を認めてくれるのか。法律は私を守ってくれるのかと不安がいっぱいだ。

切ない思いを抱き、助けてほしいという期待もあったが、まさか憲一が自殺した直後に、更なる恐ろしい悪夢が始まるとは思わなかった。

那覇家裁は私の立場を全然考慮せず、社会的人望のある方に調停委員になってもらったのではなく、私に被害を与えたその確信犯である沖縄県警と癒着関係のある県警公安委員のY氏を起用した。

長年警察に付きまとわれた私に、今まであったあり得ない事件の数々を、家庭裁判所は加害者側である沖縄県警の公安委員に片付けさせようとした。

一回目の調停は、Y氏が信介の機嫌を伺うようにした。

「彼は弁護士をつけると言ったから、待っててね」

調停期日の前に、当事者が弁護士を雇うなら、事前に弁護士に期日を合わせる責任があるのに、手持ち金のない遠隔地から飛行機に乗ってきた私を待たせ、公安委員である調停委員は、まるで信介の代弁人みたいに裁判所の中で電話の応対などに走り回った。

家庭裁判所で、遺産分割を含める調停なのに、相手方と直接の会話も対決もできず、折角準備してきた証拠の原本にさえ目を通してくれなかった。

「次回来る時に説明して！」すでに書面で分かりやすく書いてあるのに、調停委員が淡々と言って、調停が終わった。二回目の期日についても遠隔地から来る私の都合を全然聞かず、まだ決まってもいない幽霊弁護士のスケジュールを優先させると言う。

結局、那覇家裁に提出する予定の陳述書や証拠原本のコピーは、「次回の期日にしよう」と言われ、何の調停にもならずに調停委員に振り回され、すべての書類をそのままスーツケースにしまい、羽田空港に戻った。

二回目の期日は、相変わらず信介の幽霊弁護士が出席せず、調停委員Y氏の一人芝居に終始した。

アメリカの妹からの送金を含め、長男の名義で購入したいわゆる相続物件は、長男が自筆で書いた念書や米国からの送金証明や通帳などの証拠を頼りにしながら説明したのに、Y氏が常識を覆し、爆弾のような助言をした。

「長男名義の物件と引き換えに、貴女はアメリカから戻った時に買った貴女名義の物件を、旦那さんにあげなさい」

信介からは、給料もボーナスも預かったことのない一回目の婚姻期間中、私が出資して購入した家屋も土地も、すべては信介の名義で登記され、財産分与さえできなかった。

二回目の婚姻期間が始まる前に、私の妹やアメリカで再婚した夫の財産を含め、信介に二つ目のローンを組ませたくない経緯で購入し、私の名義で登記した特有財産は、信介に与えなさいと家庭裁判所の調停委員の口から出たことに大変驚いた。

しかも、那覇市にあるその物件の売買価値は、長男名義の「相続物件」より遥かに高い。正に泥棒調停そのものだ！　何故法律の知識も、常識もない調停委員にやりたい放題にさせるのか。人道的な観点や配慮もできない人に調停委員の職を任せるので、常人では到底理解できない発言ばかりが飛び出した。

債務名義を頂いてから長男が亡くなるまでの八年間、異様な形で私に接近した警察グループのことが頭の中に叩きこまれたので、それ以上警察のこと、いや、沖縄県警の公安委員を含め、私は誰も信用していない。ナメられた気持ちがいっぱいで、調停委員のY氏にこう伝えた。

「沖縄での調停を取り下げ、埼玉で離婚訴訟を起こしますよ」

結局、法律相談の結果、信介との間に抱えたトラブルは、一つ一つの性質が違うので、離婚訴訟だけではすべての問題が解決できる訳ではなく、テーマ毎に訴訟を提起しなくてはいけない。

「後で死ぬ人が財産をもらえばいいじゃない。裁判って、もう嫌」

信介との間にあった債権債務の問題解決を放置することにした。喪中だったことと、こんな気分の時に、正月の「おめでとう」という言葉を聞きたくないため、台湾へ里帰りした。「私が死んでいたら私の骨を台湾で埋葬し、沖縄へ持って行かないでください」飛行機に乗る前に、私は、このような文言が入った遺言書を書いておいた。

長男が突然死んで、自分もいつ死ぬか分からないことを覚悟し、死んだ後に残った諸問題をどう処置するか、事前に述べて置いた方が残った人を困らせなくて済むからだ。

10

平成二十四年十二月二十六日、台湾の松山空港に向かった。

年明けの三日に帰国し、国際空港からそのまま竹内の家に向い、都内で寝泊まりしていた。というか、母子三人が賑わっていた埼玉の自宅には、憲一もいなくなったし、英司も父親に騙され、私から遠く離れてしまったので、急に誰もいなくなったあの家に帰るのは、あまりにも寂し過ぎた。

一月十日の夜に自宅に戻り、那覇家裁からの郵便物の不在通知がポストに置かれていたが、すでに保管期限が切れ、翌日担当書記官の仲村氏に電話した。

「中身は何でしょうか」

「受け取って、文面を見れば分かるじゃない」

「里帰りしていたので、保管期限が切れました」

「再度送りますよ」

「特別送達って、誰かに何かを訴えられたということですか」

「だから、開けて見れば分かるじゃない」

「ちょっと待ってください。家庭裁判所からの特別送達と言えば、離婚訴訟ではないでしょうか」

「それは教えられない」

「彼は離婚調停の不成立調書を持っていないのに、離婚訴訟ができるはずがないでしょう。離婚調停だと、私の所在地管轄の家庭裁判所に来ないと駄目じゃないですか」

台湾に行くため、出国手続をすると、私の行動が自動的に警察に連絡が行くようになっているとしか思えない。信介が、離婚訴訟を提起した日付は、私が出国した二日後で、裁判所の御用納めの日に当たる。家族内に不幸があったのに遠慮せずに、離婚訴訟を私が出国している間に起こしたのは何故だ。

那覇家裁が、無謀にも法律に抵触するような離婚訴訟を受付けたことに抗議した。

仲村書記官は何を考えているのか、すでに東京から埼玉の家に戻った私に、その中身不詳の特別送達を都内にある当事者ではない竹内の自宅に送付し、不在通知が置かれていた。

（その数カ月後、竹内の住所を借り、ネットビジネスをするつもりだが、ホームページは完全にやられ、まったくビジネスを稼働できなかったが、最高裁では名刺を証拠として添付されていたが、時期はズレている。）

その後、同年二月二十四日に、那覇家裁からの普通郵便が届いた。今回は「離婚調停」だった。しかし、離婚調停の期日に、裁判所の不正操作があったことがすぐに見てとれた。調停期日の通知書に記載された日付は、封筒に押されている那覇中央郵便局の消印とは、二週間のずれがあり、更に相当な日数が経ってからやっと私の家のポストに投函された。

要は、離婚調停に出席させないために、遠隔地にいる私に、裁判所は期日に関する相談や問い合わせなどを一切行わずに、裁判所が期日を決め、通知書を送付する日付まで不正に操作したと考えられた。その調停通知の普通郵便が私の手に届いた時には、すでに調停の期日が過ぎてしまった。言い換えれば、私を那覇家裁に出廷させずに、調停が一方的に進行していた。

憤慨のあまり、その日付に関する不正操作の書類を持ち、さいたま家裁の離婚調停窓口へ相談のために出向いた。男性の職員が対応してくれ、離婚調停は相手方の管轄裁判所に当たるさいたま家裁に移送すべきだと教わり、移送に関する申立書を渡され、書き方や六法全書に載っている法律条文などを私に見せてくれた。

早速、書類をまとめて平成二十五年二月二十五日に、本来さいたま家裁が管轄裁判所になるが、那覇家裁の仲村書記官に離婚調停の移送申立書を送った。しかし、完全に無視され、何の連絡もなかった。

　沖縄の裁判所で、沖縄出身の書記官が担当する「鬼に金棒」というパターンでは、悪魔の判決が待っていることは容易に予測できる。

　さすがに私の勘が働いた。本来離婚訴訟も養育費の取立も遺産分割も別々の裁判を起こすのが難儀で放置したが、信介が警察の示唆で起こした離婚裁判は、いったん那覇に移送されると、そちらでやりたい放題の裁判に発展してしまう結果が簡単に想像できる。

　手持ち金がない状況の中で、いちいち那覇の裁判所に行かなくてはならない訴訟は、とても簡単なことではない。その負担とリスクを考え、平成十六年に私が申し立てた離婚調停の際、もらった離婚調停不成立の調書を持ち、平成二十五年三月一日にさいたま家裁に「離婚訴訟」を提起し、四月十六日の期日の請書を担当書記官に送付し、一回目の準備書面及び陳述書も提出した。

　さいたま家裁で提起した離婚訴訟がすでに進行している旨を那覇家裁の書記官に通知し、三月十八日に那覇家裁での離婚「調停」はもう意味がなくなり、信介が申立てた調停の「事件終了証明書」を送って下さいと、那覇家裁の担当書記官にさいたま家裁の書記官の意見を伝え、異議を申し出た。

「離婚調停は、もう要らないでしょう」

　私の主張に対し、那覇家裁の書記官は一切受付けてくれず、事件終了証明書を一向に送ってこないので、ファックスで催促した。

しかし那覇家裁は、それでも意図的に調停を進め、同年三月十九日に信介に離婚調停の「不成立」調書を交付し、これによって、信介が前倒しで申立てた離婚訴訟は正当となり、那覇家裁での離婚訴訟の申立が成立した。

「私が提起した離婚訴訟は、すでに期日が決まっているのではありませんか。今回の不正操作から見ると、那覇家裁のやり方は、相手方である信介の言動とまったく同じですよ。台湾で大手企業の秘書をしていた私を拉致し、やっとの思いで結婚して那覇で暮らしていたのに、合法的な婚姻で妻に妊娠させたら、姑の指示で、すでに赤ちゃんが出来た妻にコンドームを使い始めさせたことと同じぐらい皮肉なことではありませんか」

「はっ？」

## 11

離婚調停の管轄裁判所は、さいたま家裁のはずなのに、那覇家裁は絶対的な権限を持ち、一方的に那覇家裁で離婚調停の不成立調書を作り上げ、信介の離婚訴訟の提起を助けた。

平成十六年、私の離婚調停に対し、離婚を拒否した信介は、婚姻費用の分担を承諾したものの、債務名義を履行しなかった。平成二十四年十二月二十八日に、私は長男の死を悼むため里帰りしたが、有責者である信介は、それを絶好のチャンスと狙い、私がいない隙間に、離婚の訴訟を提起した。

その直前、那覇での遺産分割や離婚調停に際し、調停委員のY氏が、私の証拠を完全に無視し、信介の顔色ばかりを伺った状況から推測すると、信介は沖縄県警と何らかの司法取引でも持ちかけられたのか、完全に沖縄県警に操られている様子だった。

信介が提起した離婚訴訟は認められたが、私がさいたま家裁で起こした離婚訴訟もあり、さいたま家裁の離婚訴訟を那覇家裁に移送すべきだと信介が主張し、その申立は承認され、那覇家裁への移送が決定した。私はそれを「即時抗告」したが、棄却された。

離婚裁判は、どうせ強引に那覇に移送されたのであれば、養育費の取立も当然進行させせないと不公平なことになる。

私は、今回の取立に先だち、信介が債務不履行の原因で、すでに第三債務者に対する取立は勝訴している。但し、勝訴した判決文があったとしても第三債務者に対して強制執行できるような財産が見当たらないので、真の債務者である信介に対し、彼の土地を差押え、不動産の民事執行を為す一切の件を含め、離婚訴訟と養育費取立の強制執行を平行に進行することとなった。

第三債務者に対する取立訴訟の経験から考えると、法テラスを利用しないことにした。弾圧被害に遭わないように、貯金がほぼ底をついていても、個人で弁護士を依頼した方が安全だろうと思った。

しかし不思議なことに、私はネットで「離婚裁判」というキーワードで検索していたら、S法律事務所がすぐにポンと出てきた。

打ち合わせのため、池袋駅付近にある弁護士事務所を訪れたが、この事務所はなんと私が平成十九年連続不当解雇に見舞われた年に、勤めていた貿易会社とまったく同じオフィスビルの中にあった。

まさかと思ったことが、後ほどすべてが偶然ではないと分かった。

須田弁護士と一回目に会った時、親切に接してくれた。同席していたのは若手の今村弁護士だった。着手金と成功報酬の割合は、私にとって有り難い設定になっているため、S法律事務所に決めた。

打ち合わせが終わり、外に出たら、先ほど同席していた今村弁護士から声を掛けられた。

「裁判はご自分ででも出来ると思いますよ」

「えっ、自分でやること？」

「その方がいいかもしれません」

「えっ？」

行き来する通行人が多いため、それ以上交わした言葉なく、今村弁護士と自然な形で別れた。

日本は法治国家だから、弁護士を依頼すること自体は問題ない。特に債権債務の強制執行には、法律の専門知識が必要だし、今まで強権に怯えている立場にあったので、弁護士を頼らないと余計にやられてしまう。そう思うと、今村弁護士のアドバイスは当時の私にとって、少し理解しがたいものだったかもしれない。

訴訟費用を捻出するため、都内にある竹内のマンションに居候させてもらうことになった。竹内の給料は、会社経営不振の原因で半額しか支給されていない。住宅ローン十二万円、管理費四万円、月極駐車料金とガソリン代で三万円、ご自分の薬代一万円に母親への送金四万円を差し引くと、生活費は一万円程度しか残らない。

今までの貯金を崩しながらなんとか生活できるようにしているという。私に訴訟費用の援助はできないが、光熱費の支出と晩ご飯の分を賄ってくれると言った。それだけでも大変助かった。

離婚訴訟を進行している時に、竹内と一緒に住んでいるのがいいかどうかは迷ったが、弁護士は「離婚が成立する可能性があるものの、慰謝料の請求ができない」との意見を何度も聞いていた。要は、私が訴訟費用を用意しないと、信介にやりたい放題にされてしまう。

「今回の訴訟は、旦那様の主張を聞いてやってください。貴女は、これ以降いくらもやり直せるチャンスがあるから」

初回の打ち合わせの席で、須田弁護士がびっくり仰天なアイディアを私に要請した。

「いいえ、判決をひっくり返すのが難しいと思う。かつて第三債務者に対する取立訴訟の時に、相手方が訴外者として毎回法廷に出て、彼の主張ばかり出されたことは担当の澤井裁判官が事務連絡のメモに記している。相手方は、支払うべきものを支払わないような人間だから、前回の裁判に引き続き、彼ばかりに主張させたら裁判が延々と終わらない」

須田弁護士が困ったような顔をして、少し考えていた。

「分かりました。それでは、民事執行の件は今村弁護士に任せる。僕は離婚訴訟の担当になります」

そう言ってくれた須田弁護士は、後に今村弁護士が担当している強制競売の開始命令が下りた時に、「案外早いね」と言った。

「六百二十万円の債権があることを認められました。良かったですね」

「どうでしょうね」クライアントのために戦い、戦果を喜ぶのが普通だが、須田弁護士のトーンが変わって、S法律事務所には不気味な雰囲気が漂っていた。

かつて第三債務者に対する取立訴訟は、本来第三債務者が債務の支払い事実がなければ、すぐにでも強制執行できるが、訴外者信介の邪魔で、裁判が二年半も掛かった。

「貴女が浮気したのでしょう?」

「浮気したかどうかは問題視されません。家庭裁判所での別居合意があったし、当事者間は協議書を交わしてあり、お互いに対し、浮気という名目で訴えることができないと、協議書に明記してありますよね」

「彼の言い分もあり、貴女に対して慰謝料の請求をしたよ」

「彼は嘘ばかりつきました。私が書いた陳述書2を読みましたか。私達が破綻するまでの経緯を一つずつ詳しく説明してあります」

「そんなのを読む時間がないよ。貴女の日本語が理解できないし」

「証拠を添付しながら説明してあるので、読めるようにしてください。先生は、私の弁護士ですから、その陳述書から得た情報で、なんとか私の権利を主張すべきではありませんか」

「向こうの主張も聞いてやらないと駄目じゃない」

「相手方偽りの供述や偽証に対抗するため、私が仕組んだ攻防の内容及び重要な証拠が数多くこの『陳述書2』に寄せました。その証拠説明書の摘要だけを見ても、たくさんの真実を物語っています。日本語が通じるかどうかは深刻な問題ではないと思います」

須田弁護士はむしろ最初に会った時とは、まったくの別人になった。代理人弁護士の契約を交わしてすでに二カ月が経ったのに、全然私を守ろうとする姿勢がなく、準備書面もなかなか私に提示してくれないため、『陳述書2』を直接那覇家裁に郵送することにした。

その内訳は、次の通りだ。
一、結婚生活を綴るブログ記事
二、復縁（再婚）する前に、信介が署名した「同意書」

## 二十、沖縄県警の過ち、不正及び暴走

結局、私の勘が当たり、まったく同じ結果になった。平行して進行していた二つの訴訟は最高裁まで進んで、私はようやくあらゆる裁判の書類を閲覧することができた。しかし、その時、初めて知った事実としては、須田弁護士は私を裏切った。

那覇家裁の書記官が記録した「口頭聴取書」の日付から推測すると、書記官に電話した人（記録上の「発話者」）は、信介ではなく、須田弁護士だった。

「第三分類の書類として扱ってください」と書記官に指示し、裁判所の職員に、「書証」として取り扱わないことにした。

日本の社会では、母親としての女性は弱者だ。病気を抱える長男のために犠牲にした分はともかく、第三債務者に対する取立訴訟は、私が勝訴した確定判決の中に、真実が刻まれているにもかかわらず、既判力が有した判決を利用して、法律のプロである代理人弁護士が、私の権利を守り切れず、一審の最終口頭弁論の時に、私に解任された弁護士か、誰かが証人として出廷し、私を裏切ったのだろうと想像できる。

期日は、平成二十五年十二月四日だが、午後二時からは養育費の強制執行に対する信介の「請求異議」の部に入るが、裁判官と書記官の間の連絡不足で、異様な会話があった。

「午後の部は、二時からですね」と裁判官が書記官に聞いた。

「いいえ、一時からです」

闇の証人がこの裁判に出るのか、裁判官が「あっ！」と何か思い出したような顔をした。

私の観察力を無視したのか、書記官に異例な要求され、

「午後二時ちょうどに裁判所に来てください」

「えっ？　待合室で待ってはいけないのですか」

「お願いします」

鈍い私は、どうやって反論するのかも分からないままに、国際通りとつながっている平和通りの喫茶店で、長い時間裁判所の外に放り出された。

約束の時間になって再び裁判所に戻り、請求異議の最終口頭弁論に臨んだが、裁判官は午前中の態度とまったく違って、乱暴な言葉遣いをしたり、信介に延々と主張させたり、尋問のチャンスを相手方にばかりを与えた。

ちなみに私は那覇家裁の担当書記官に須田弁護士を解任したい旨を伝えたのは、平成二十五年八月三十日で、須田弁護士には九月の中旬にメールにて解任を通知した。十月十六日期日の前に、S法律事務所で書類の引継ぎをしたが、その時、何故か須田弁護士は意図的に重要な証拠である信介が書いた「同意書」を隠し、私に渡さないつもりでいた。

「同意書」とは、沖縄県警の公安委員Y氏が、私の特有財産を信介に与えろとして関わっている極めて重要な証言が入っている書類だ。しかも信介が自筆で書いた「同意書」は、私に

とっては命に等しい証拠なのだ。

預けた資料を、事前にチェックシートに残していた私は、須田弁護士を詰問した。その結果、同席していた今村弁護士が、事務所の奥の部屋に入り、証拠の原本を返してくれた。良心の呵責に耐えられなかったのかもしれない。

法曹界での不条理なことに続き、一審の怪しい最終口頭弁論が始まる前から、世間では連日国会の前に大勢の人々が特定秘密保護法案の反対デモが行われていた。

須田弁護士を解任した後の十月二十五日に、第二次安倍内閣が、閣議決定をし、特定秘密保護法案を国会に提出し採決した。私の裁判の一審の最終口頭弁論の直後のことだった。

平成十六年、那覇家裁から受け取った債務名義は、国を転覆させるような発言をした訳でもないのに、何だか我が家の親子三人にとって有難いものではなく、あの「養育費」は、やまない悲劇につながったようなものとなった。

この微妙なタイミングで、国家安全保障を大義名分にして強行採決された新法は、あくまでも警察の犯罪をもみ消し、ごまかすための法律だと思えた。

私の基本的人権を圧殺され、都合の悪い人間として追放され、憲法に定めている最低限の幸福追求権さえ、裁判所での戦いの中で守られないことを予感した。

# 第二章　火刑台上の聖女

## 1

孤独な身になって、公平な裁判を期待していた私は、那覇に移送された裁判に立ち向かうため、地元沖縄の弁護士に依頼するつもりだった。しかし、今までの不当解雇のパターンと同じように、正体不明のグループが執拗に、私のプライベートの予定の全てを邪魔し、阻止した。

沖縄の法律事務所の名簿を頼りに、順次電話で問い合わせてみたが、みんな同じ答えだった。

「訴訟代理を引き受けるかどうかは、沖縄に来て頂いて、お話を伺ってから決めましょう」

「既判力のある判決文を含め、裁判書類をメール添付の形で、先生とやり取りができないでしょうか」

「いいえ、できません」

さいたま家裁で申立てた離婚訴訟を那覇家裁へ強引に移送される際、抗告などで必死に反抗したが、強権者の干渉でドミノ倒しの現象があり、私は裁判所に踊らされた。

沖縄で裁判を行う場合、監視の目が少なく、インチキな裁決をされたとしても、本物の裁判官が行った訴訟であるなら、判決文に「貴女の訴えを棄却します」との一行だけで厄介なことを全部片付けられる。

言い換えれば、裁判の勝敗は事前に裏で決め、それに特定秘密保護法案の成立で、誰も文句を言えず、特に公務員に対し、箝口令で口止めできる。

四面楚歌の状況の中で、どうせ裁判に力を貸してくれる沖縄の弁護士はいないだろう。ならば、成功報酬の比率が低く設定された須田弁護士なら、良心的だろうと思い、依頼した。しかし、二回目の打ち合わせから須田弁護士の度重なる裏切りの言動と、電話会議システムを利用することになるが、期日の日に法律事務所に向かわせ、同席してくれないことに、非常に疑問を抱いた。

無作為抽出ではなく、特命でセットされた書記官と裁判官が配置され、彼らの間に、極秘の答弁をする代理人弁護士が加わることで、私の権利を本当に主張されたのか、被告と原告はそれぞれ何を言っていたのか、不透明な形で裁判が秘かに行われていた。

私は沖縄に在住していないため、那覇の法廷にどんな書類を提出されたのか、確認ができなかった。

一審最終口頭弁論の反訳調書が改ざんされ、猥褻な言葉が多く加筆されたことは、上告を提起した後、最高裁へ裁判書類の閲覧をした時に、初めて発覚した。

一審の一回目の期日を前に、私の携帯電話が鳴った。

「那覇家庭裁判所です。私は伊禮と申します。中島書記官の代わりに担当となりました」

その後の控訴審も、担当書記官は沖縄出身で、それぞれ大嶺と国吉という苗字の人だった。

那覇の裁判所は決して大きくはないが、殆ど全国転勤の書記官だと経験で分かったが、何故一審も控訴審も沖縄出身の書記官しか採用しないことになったのか。無作為抽出で書記官を決める法則に反し、事前に沖縄出身の書記官を盾にして、沖縄県警の言いなりに行った裁判は、公平且つ公正に行われるはずがない。

控訴審の最終口頭弁論の期日に、平行に進行していた私の二案件は、高等裁判所ではなく、簡易裁判所に身を置かれているような感じで、裁判官が複数の事件を同時に審理し、私と信介の出番が最後に回された。

裁判官は信介が提出した書証の日付について質問した。

「この日付は、誰が記入したのですか」

「相手方（信介）が入れたのです。同じ書証ですが、一審の時にその手紙の上の空白に日付を入れられ、今回の控訴審は手紙の一番下にその日付を擦り換えられました」

裁判所が設置しているマイクは、私の説明をお隣の部屋（法廷）でも傍受できるように、お隣で聞いていたグループが存在していたことが簡単にバレた。

それというのは、私に向けられたマイクは、別の部屋につながっていることが、ある女性のつぶやきで分かった。彼女は誰か分からないが、私の答えに不満の声が上がった。

「聞いてもいないのに、余計なことを言って」

その声が聞こえた時、裁判官はさすがに驚いた様子だった。思い出すと、期日の日に私は早めに法廷の廊下で待っていたが、複数の人が通りかかって、奥の部屋の前に立ち留まった。その群れの中に、二男にすごく似ている若者がいて、まさか久しぶりに会う息子は、また父親を助けに来たのではないかと思い、駆け寄った。

「英司、英司」と名前を呼びながら近づいた。よく似ていたが人違いだったようだ。

裁判所の内部事情に詳しくないが、その後、最高裁で出鱈目な裁判書類を閲覧して閃いたのは、その控訴審の日に、隣の部屋こそ、私の案件を審理する場所ではないのか。言い換えれば、そこで「換え玉裁判」を行ったに違いない。

要は、一審の最終口頭弁論の時、私が自力で相手方に対し、上手に反対尋問できたので、信介の嘘が破れた。裁判所が望んでいる結果ではなかったからなのか、一回の訴訟につき、一本の録音テープを支給されるだろう。控訴審の録音テープを別室で利用され、もう一度一回目の最終口頭弁論の内容を、録音し直した可能性があると思われる。

最高裁で閲覧した通りの一審の反訳調書は、もしかすると控訴審の時に「換え玉裁判」の現場で録音されたものかもしれない。それで、一審の時に証人として法廷に出た二男に似ている青年を雇い、控訴審の最終口頭弁論に出廷させたのだろう。

確かに最高裁に提出された一審最終口頭弁論の反訳調書は、私が出廷した時の内容とは、まったく違うものだった。

進藤裁判官が一度も口にしたことのない会話が記録されている。

「養育費の訴訟に関して相手方が取立権を持っていないにもかかわらず、求めているということでいいですよね」

平成十六年の養育費は、那覇家庭裁判所で言い渡された債務名義が強制執行できるという事実は、法治国家であれば、裁判所に対して取消の訴訟が行われなければ、安易に取り消される訳ではない。六百二十万円の取立債権を有し、すでに強制競売の命令が下った私の請求債権は、裁判所の不正操作により、一審の判決では、その半分の三百万円ぐらいしか認められないこととなった。控訴審だと、いきなりその二百分の一に減額された。

民事訴訟では、本来「養育費を支払った」と主張する信介には、立証責任があるのに、沖縄県警と裁判所の助けがあり、彼の口から出た僅かの一言で、すべてが有力な証拠となった。

私は、彼に送った催促の手紙一枚に、彼が勝手に日付を入れることによって、その日付から起算して、私の知らない息子達の郵便通帳に出入金されたものは、全部債務の弁済として認められた。たとえ調停調書に、私の指定口座への入金を義務付けると書いてあっても、信頼関係が崩れた私達夫婦の間は、電話でのやり取りすら平成十七年の前半から完全に絶っていた。その状況は、実は第三債務者に対する取立訴訟の法廷には、すでに証拠として提出済みだった。

控訴審は、こんな幼稚な理由で、六百二十万円の取立債権から三万円というあり得ない金額に下げ、私の債権はほぼ消えてしまい、不当判決となった。

養育費を取立てする権利が、強引に奪われたことはともかく、離婚裁判に関しても、一審の反訳調書には、更なる驚く内容が書かれていた。

反訳調書五百五十二ページに、信介と一回目の離婚前にあった「面接装いのセクハラ」裁判は、慰謝料稼ぎの目的か、それとも単に私の人格を踏みにじるためか、実際に法廷で為されなかった「性行為」、「性交渉」などの猥褻な言葉が、調書に頻繁に出た。面接を装い強姦されたことについては、相手方はほうぼうの支社事務所に特定の愛人を持ちながら、妻に毎月百万円の生活費を渡す条件で、愛人がいることを容認させていた。このような男の配偶者が出した証言を認めていいのか、考えさせられる問題だ。当時、裁判所の調査官はこの事実を調べずに、一度も相手方と親密な関係がなく、被害者であった私を悪女にした。複雑な異性関係を持つ夫の妻が、特別な条件で婚姻関係を維持している立場で書いた証言を頼って、私は相手方と「愛人関係がある」という相手方の虚偽な主張が法廷で認められ、不利な判決を言い渡された。

その時までの人生は、私は刑事と民事の区別がつかず、もし、最初から私の弁護士に「刑事告訴ができる」ということを教えて頂ければ、事は違う方向に進んでいたかもしれない。

## 2

浅野社長は、私に命令するかのように言った。

「ホテル代は、自分で払って！」

担当弁護士は、私がホテル代を払った後に、相手方が部屋について来て、私の頬を叩き、洋服越しに胸に噛みついたまま、セックスを強要した事実は陳述書から理解していたはず。全治二カ月の怪我も負わされ、面接のための航空運賃やホテル代さえ払わない相手方は、面接という口実で起した性犯罪は、悪質極まりなく暴力であるにもかかわらず、当時の沖縄では「セクハラ」という言葉でかたずけられていた。沖縄でセクハラ裁判を得意とする池宮城弁護士を沖縄弁護士会館から紹介してもらったが、「外科医から怪我の証明書をもらってきてください」等のアドバイスさえできず、何一つ対策を取ってくれなかった弁護士が裁判に臨んだ。

裁判所の手続きとその流れがまったく分からない私は、本来相談の段階で問題解決できれば、一番望ましいことだと思っていた。

浅野社長の専務（実は愛人）に、面接に掛かった航空運賃と宿泊代を払ってくださいと促し、乱暴されたことなどは英語で英語学科出身の彼女に知らせたいため、ファックスで株式会社浅野の那覇事務所に送った。その後、電話で結果を聞いてみたが、専務が離職し、事務員が対応できないと言われた。

「大阪本社の住所を教えてください。御社の登記簿謄本を取ります」

事件後、沖縄に戻る前に、浅野社長の名刺を大阪空港のゴミ箱に捨ててしまったため、那覇法務局から事務員さんに電話し、会社の住所を教えてもらったが、浅野社長がすぐに法務局に駆け付けてきて、駐車場でいきなり私を殴った。

そのことを、法務局の職員にも私の弁護士にも訴え、本来は、刑事事件として暴行罪が成立した事案であるはず。また、会社の経営者としては、事実と異なった名刺で、私を面接に誘ったが、名刺に示した本社や支社は実在していなかったのがある。この点については、経営者として、どんな罪になるのか、弁護士は一言も触れなかった。

一番肝心な問題は、偽の面接で大阪まで呼び出し、私にホテル代を先に払わせ、その後強引に部屋について来て、暴行を加えて性行為を強要したことが無罪になるのかどうなのか、セクハラ裁判のプロだと許田弁護士に紹介されたこの弁護士に本当にその能力があったのか、単なる弁護費用を稼ぎたいのではないかという疑問が浮かび上がった。

当時沖縄の人は、そもそも台湾の女性をみんな売春婦とみなし、性犯罪の被害者として訴えた内容は、単なる損害賠償だと思い込んでいる。

訴訟進行中に、私は中国で工場を経営している大学の先輩に頼み、相手方の中国にある厦門事務所の存在を調べてもらった。友人がその事務所に電話したが、女性（相手方の愛人だと思われる）が電話に出たが、テレビの音を消さずに私の友人に応対した様子などから判断すると、その事務所はあくまでも生活の場所としか思えないと、証言を書いてくれた。数百人の従業員を構える経営者としての友人は、何かを配慮していたのだろうか、その証言に自分の会社の住所と会社名を書き、署名したものを寮のファックスから送信してきた。

「それは偽証だ！」

「ファックスのヘッドには会社名が表示されていない！」

会社名を表示するかしないかは、自分で操作できるのに、相手方と相手方の弁護士が大きな声で騒ぎ、裁判官が戸惑った顔をした。

当時日本と中国との取引関係がまだ始まっていない頃、相手方の名刺にぎっしりと書いているる日本国内及び中国厦門の支店は、今になって考えてみると、実は恰好をつけるためのものか、闇の取引をしているのかとしか考えられない。

そもそも浅野と知り合ったのは、沖縄で旅行社を持つかつての上司の紹介だった。浅野社長が私の翻訳事務所を訪れ、梅干しの中国語の翻訳を依頼してきた。余計なことを喋りまくって、自分は中学しか出ていないこととか、持てない男だよとの話が長々と終わらない。

私の翻訳事務所は自宅を利用したものだったので、納品の時は浅野社長の那覇事務所に行き、公の場所で直接翻訳文を渡した方がいいと思った。

大きな敷地を持つ会社の駐車場に、会社名が書かれているトラックが二台止まっていた。事務員二人と専務がいたので、大阪本社だと、もっと大きい事務所だろうと思った。

「これから中国と貿易関係を結びたいので、是非僕の右腕になってください」と私のことをすごく褒めてくれた。

専務という女性は同志社大学の出身で、浅野社長に雇われた私の先輩とも言えようか、きっと人材を大事にする社長だと思い、尊敬の意を抱くことになった。

浅野社長は、その時から頻繁に私の翻訳事務所に電話を掛け、梅干しを海外に売り込みたいと、強い意志で私にアピールしてきた。

「是非大阪本社に面接に来てください」

最初は全然興味がなかったが、中国との交流はまだ少なかった時に、中国語は段々重要視される時代がやって来るだろうと、私は予測していたので、やる気が湧いてきた。

信介との間は、長年家庭内別居が続いていたので、浅野社長の誘いで、私は少しずつ気持ちが動揺した。高い給料をもらえるなら、子供達は留守番できる年齢になっていたし、息子達と一緒に沖縄を出て、大阪の学校に通わせ、立派な教育を受けさせたいという夢を持つようになった。

もちろん離婚なんか希望していないが、沖縄でいじめられるより、新しい環境でチャレンジした方が子供達のためにもなると思った。

「名刺には大阪本社、堺支社に、和歌山工場と書いてありますね。それと中国の厦門にも事務所を持っていますね」

浅野社長に渡された名刺を見ながら、確認してみた。

「その通りです。大阪へ面接しに来たら、一つずつご案内します」

こんなやり取りを通し、私は浅野社長の右腕として重用されるイメージが湧き、大阪の本社へ面接しに行くことを承諾した。まさか浅野社長が違う目的で私に接し、乱暴するとは想像しなかった。

彼は、ＢＭＷの車で空港に迎えにきてくれて、大阪本社の近くに着き、遠い所にあるオフィスビルを指さした。

「本社は、そこにあるけど、今日は来客がいるので、行かないことにしよう」

その後、堺支社に連れて行かれたが、事務員は確かにいた。

「その女性はシングルマザーなので、僕が世話している」と告げられたが、堺支社とは一戸建ての住宅だった。少しずつ異様な感じを受けたが、あきらめずに聞いてみた。

「明日は和歌山工場へ見学しに行きますよね。そちらは商品の開発部門や研究室もありますか」

その当時、大阪での面接の経緯及び沖縄に戻った後の出来事などは、一冊の本が書けるほど予想外に厄介なものだった。要は、沖縄の社会における台湾女性に対して差別的だった時代に、被害者である私に、手を差し伸べてくれる人は誰もいなかった。

事件後、沖縄弁護士会館で相談料を払ってから室に入った。当番の許田弁護士に、浅野社長の会社が高い給料で雇ってくれるという条件だったので、私は沖縄を出てもいいという考えだと、伝えると何故か弁護士が不機嫌になった（昔は知らなかったが、沖縄の人はかなりプライドが高いと思う）。

それが原因か、許田弁護士が差別的な言葉を投げかけてきた。

「あなたは売春婦じゃないか」

被害を受けた私は、苦しんでいるのに、そんな屈辱的な言葉を言われたことに、思わず号泣してしまった。私の泣き叫び声を聞いた事務員さんが相談室に上がってきたため、許田弁護士は私に謝って、他の弁護士を紹介すると言った。

その紹介された池宮城弁護士は、（二十数年前に）二十万円の着手金を現金で支払った時だけ面談してくれた。私が書いた陳述書をちらっとみて少し質問した。

「裁判中は、裁判官にいろんな質問をされるよ。あなたが言っていることは、本当かどうか、その時に確認されます」

弁護士との間は、この程度のやり取りに留まって、私が本当に被害に遭ったかどうかは、裁判官に任せるとの態度だった。その後、一度も打ち合わせに呼ばれたことがなかった。

性的被害を受けた私は、決して平常な心理でいられないため、偶然に知った大阪女性相談センターがあり、そちらに電話したところ、沖縄には「玲子相談室」というレイプされた女性が安心して相談できる場所があると紹介された。実際に訪れてみると、沖縄出身ではないとの理由で門前払いされた。

それは、平成八年六月頃のことだった。当時の県警本部長K氏は、大阪女性相談センターから何も伝えられていないのだろうか。あんなに長い年月が経ったのに、何故その当時の判決文を、二十年後の私の離婚訴訟の時、突然に那覇家庭裁判所に渡って、「性交渉」などの言葉が頻繁に反訳調書に加筆されなくてはいけないのだろうか。謎が深すぎて、疑問点が多かった。当時の本部長K氏は、その後、警察庁に移動されたことが新聞紙に載っていた。

## 3

平成八年の裁判が進行中、私は自主的に証拠を集めた。

弁護士を替えてみようかと思い、偶然に株式会社浅野の那覇支社の近くにある佐竹法律事務所の弁護士と相談することができた。

「浅野社長と知り合いですので、訴訟の依頼をお受けできません。でも、彼の名刺を差し上げますよ」

大阪の空港で捨てた浅野社長の名刺と、まったく同じものを佐竹弁護士からもらった上に、貴重な証言も頂いた。

「そう言えば、沖縄の専務が黙って事務所を出たよ。いくらかのお金を持って、沖縄を去ったことが浅野さんから聞いた」

貴重な名刺が戻り、浅野社長の厦門事務所が実在しているかどうかは、友人に調べてもらい、重要な証拠として、裁判所に提出することができた。

期日に、相手方の弁護士と那覇地裁の廊下で会った。

「今日の裁判はドキドキするね」

向こうの弁護士はこう言いながら、私の弁護士に声を掛けた。

結局本番になると、ドキドキするのではなく、お芝居のように、肝心なことを誤魔化し、重要ではない部分を強調しようとした。

「彼女の翻訳は、間違ったことが多かった」

梅干しに関する程度の翻訳なら、日本語学科出身ならミスを起こす可能性はほぼゼロで、実は、浅野が二枚目の違う内容の翻訳を勝手に頼んできて、更に国際電話料金も支払わずに、私にボランティアで大陸にいる業者さんに商品の説明をさせられた。翻訳を間違えたどころか、浅野社長は翻訳者の労力をタダで使っていたわけで、賃金の泥棒だ。また、性犯罪の目的で嘘をついたのに、私が提出した重要な証拠を強く否定し、「それは偽証だ！」と言う。裁判所では、大勢の人の前で強姦されたかどうかなど、あまりにも恥ずかしい内容ばかり聞かれたので、若く配偶者を持つ身の私は、被告側の馬鹿騒ぎと、裁判官の動揺している顔をみて、出廷しないことに決めた。

弁護士がしっかりと私の味方になって、訴訟に臨むならいいのだが、私は出廷しないことに対し、取り下げの勧告もせず、相手方の妻に証言を提出されたことも、私に通知しなかった。

報酬をもらった弁護士は、責務を果たさず、台湾出身の私をナメ、被害者を助ける気持ちがなく、とても理解できない待遇ばかりを受けさせられた。

これは、ほぼ二十年前の民事訴訟だった。信介と一回目の離婚時、何も言及されずに、リセットされた過去の出来事は、一審の最終口頭弁論に取り上げられ、私が読まずに破り捨てたあの判決文は、誰かの指示で、裁判所を介して信介の手に渡った。

「浅野社長との浮気現場は、一度でも押さえたことがあるのか。私達の通話音声を録音したのか、ラブレターでも発見したのか」

その反対尋問に対し、信介は何も答えずに黙っていた。「浮気」という争点は収束したはずなのに、最高裁で書証を閲覧した時に、初めてこんなに女性の人格を踏み躙るような侮辱的な内容が、しつこく反訳調書に多く書かれていることが分かった。

更に私が提出した重要な証拠だと思った幾つかの書類に「不提出」と押印されたことに、最高裁の葛西書記官に抗議したが、最高裁は、逆に早いスピードで、一週間も経たないうちに、すでに受理した上告を棄却した。

裁判所は、その二十年前のセクハラ裁判を持ち出して、世間に私を「不倫女」に仕立てようとしている。

那覇で平行に進行していた養育費の取立と離婚訴訟は、沖縄在住の弁護士を雇えないことが原因で、一審の不当判決を受けてしまったことに大きな不満を持っていたので、控訴することに決めた。

須田弁護士を解任した後、訴訟代理ではなく、書類作成してくれた小倉弁護士は、やはり強権者に圧力を掛けられたのか、控訴審の依頼は、きっぱりと断られた。

完全に孤立した私は、数年前に不当解雇の時に一度依頼したことのある石川弁護士のことを思い出し、面談の承諾を頂いた。打ち合わせの途中に、電話がかかった。

「おぅ、松原っ！」

受話器の向こうは、かなり親しい仲間のようだ。こんなタイミングの時に電話が掛かってきたのも、今までの数年間、ずっと同じ調子で、私の訴訟依頼は最終的に全部干渉され、断られる。

電話が終わり、弁護士が会議室に戻ってきた。

「貴女は嘘つきでしょう」

「先生、そんな話はどこから来たのですか」

「かなり言われてますよ」

「もう一つの罪名がありますね。浮気者でしょう」

石川弁護士は警察関係者と親交しているのは、不当解雇の訴訟を依頼した時に分かった。ここでは公表できない事情があり、この訴訟は唯一勝訴したものであって、斡旋してくれた人物は法曹界の人間で、その裏には、実は警察の関係者がいた。

「以前も別居や離婚の問題で、先生にいろいろ教えてもらったので、私の状況がよく分かると思います。私は被害者ですから、どうか助けてください」

石川弁護士が少し黙っていた。しばらく考えてから気を取り直した様子。

「分かった。ちょっと判決文をみてから決めましょう」

法律事務所を出ると、外は寒くて、雨が降りそうだった。ぼんやりして歩き、新橋駅の方向へと向かった。やがて総武線快速のホーム内に入り、石川弁護士から電話が掛かってきた。

「先ほど預かった書類を着払いで返却します」

「どうしてですか」

「一審の判決は良心的なものでしたから」

「いいえ、最低な判決だと思いますよ。離婚訴訟はどうでもいいけど、養育費の取立は　請求債権の半分しか認めてくれなかったじゃないですか。非常に異常な裁判で、ふざけすぎると思いませんか」

「それでも満足した方がいいと思いますよ」

「先生は本気で言っていますか」

「やめるべきところでやめた方がいい」

「やめませんよ。書類を取りに行きます。郵送費はもったいないから、私はまだ駅構内にいて、電車にはまだ乗っていません」

「いいえ、今日はもう疲れましたから事務所を出ます。書類は宅配便で送りますね」

きっと私のことを助けてくれると思い込んだ石川弁護士の言葉に、気が抜けてしまい、手に持っていた携帯電話を落としそうになった。

「家族のため一生懸命に前向きに頑張っている私は、結局、なに？ 私は、どうしてこんな酷い目に遭わなくてはいけないのか」

訳の分からないまま、完全に法曹界の人間から追放された境遇になってしまった私だが、本人訴訟を起こすことに決めた。

私は法律の専門家ではないが、真実だけは知っている。

強権者は、私を「嘘つき」や「不倫女」という罪名を勝手に決めた。十六世紀バイエルン公国にあったパッペンハイマー裁判という魔女迫害の事件に似ている。拷問する側の望むことを口にするまで、拷問は続く。見せしめという性格上、処刑の様子は陰惨を極め、エンターテインメントのようなものだった。今は二十一世紀だ。裁判所の犯罪は許されない。

憲法には、すべての国民は、法の下に平等である。聖なる原則を誰も冒涜してはならない。

「無作為で選出した裁判官と書記官であるなら、いつか真実が絶対に明るみに出るよ」家に戻ると、竹内が励ましてくれた。

「正義と戦い続けるつもりでいる」

弁護士に任せた原因で、債権が六百二十万円から三百万円というように、だんだん厳しい判決になってしまった。その謎は、本人訴訟でないと解けないものがあると思い、ローラー作戦であらゆる判決文を広げ、相手方の主張や証拠などを一つずつ照らし合わせながら、原因究明をした。

結局、信介が私の指定口座に入金したものを弁済事実として提出した甲十四号証には、驚愕の事実が隠されている。

債務の弁済に、指定された口座は私名義のみずほ銀行那覇支店だ。既判力のある判決文には信介が債務不履行の事実や不足した金額まではっきりと書いてあるのに、信介が提出した甲十四号証・所謂私の指定口座に入金した金額は判決文に記録されている数字とは大きく食い違っていた。要は、信介が持っている私名義のみずほ銀行那覇支店の通帳は、変造されたものであった。

那覇は小さな町とはいえ、一人の力で銀行の通帳をページごとに取引履歴まで記載することは不可能である。言い換えれば、誰かが変造した通帳を、信介に証拠用として渡したことになる。

養育費の弁済状況を根拠にして、平成十七年九月七日に言い渡された第三債務者に対する差押命令には、信介は毎月十五万円しか支払われていない事実が記されているが、みずほ銀行の取引履歴には、なんと最初の二カ月間とも二十七万円の出入金があり、差押命令が言い渡されるまで毎月二十一万円の養育費が満額で入金されたという弁済履歴に変造されていた。

更に信介がすでに差押命令を受け取ったのに、仕事柄で債権差押の手続きをする信介は、弁済金二十一万円を私の指定口座に入金し続けるのも、皮肉な嘘だと、すぐにバレる。

信介は第三債務者に対する債権差押命令に不服だったので、執行抗告状を提出したが、すぐに棄却された。本人が書いた執行抗告状にも、その後の債権差押命令の決定にも、オーバーして入金した二十七万円や、満額の二十一万円という弁済事実は書かれていない。

信介の執行抗告に対し、福島裁判官が意見書を書き、彼の債務不履行のことを再び強調した。なのに、今回信介に養育費の取立に関わった強制執行の争いは、最高裁判所まで二回もまわったが、プロである裁判官さえ見極めることができないのは不思議だ。

息子達の大学四年間の生活に必要とされた食費と賃料の計算で、毎月二十一万円を私の指定口座に入金せよ、との命令に対し、最初から減額して十五万円しか入金してくれない信介に、強権者が銀行の裏を通して、弁済していないものを二十七万円の入金事実という違法な取引履歴に変造した。差押命令を言い渡された時点になかった弁済は、第三債務者に対する取立訴訟の時に、初めて法廷に提出された。

みずほ銀行グループ企画部の河合部長は、メールフレンドの形で私に接近し、親しくなってから、私のキャッシュカードにＩＣチップがついているかいないかを聞いてきた。時々南千住に警察の偉い人物に会いに行くという話を聞いたことがある。大手銀行の高級幹部が何故南千住という町に行くのかという疑問が、記憶の中に鮮明に残っている。

事実に反している取引履歴のことについて、私は複数の既判力のある判決文を持ち、何度もみずほ銀行の支店に足を運び、取引履歴の矛盾点をひとつひとつ相談したが、解決には至らなかった。

更に裁判中、一回目の離婚で信介は私に支払わなくてはいけない二百万円の「解決金」があったけど、一度も支払わなかったと訴えた。それに対し、信介は第一勧銀の私名義の通帳を提出した。私はすでにロサンゼルスでロバートと暮らしていたのに、アメリカにいた私はどうやってその入金を下ろし、どうやって通帳を解約したというのか、物理的には不可能なことだ。更に私は何故その通帳を作ったのか。少なくとも使用した記憶がない。なのに、第一勧銀の通帳にあった出入金も証拠として提出された。

みずほ銀行と第一勧銀は、結局親子関係みたいなものなので、このような不可解な「弁済トリック」には、いずれも防犯カメラ画像と銀行のデータの保存期間に関わり、プロでないと、とても設計できない仕組みになっている。たとえ私がアメリカに永住していて、出金できないと主張しても、聞く耳を持ってくれない。

銀行の通帳が変造されたという事実の被害届を提出しようと、K署に行ったが、被害届は拒否された。

完全に門前払いされ、上京して最初の住居の管轄である警視庁S署なら、きっとその秘密が分かる。極秘に相談しに行き、なんとか被害届を受け付けてもらえないかと期待していた。

4

上京後、怪奇事件が相次いで発生し、北千住に引っ越した当初、千住四丁目交番の制服警察官が身元調査をしに来たことがある。S署はきっと犯人は誰なのか、仕掛け人は誰だと分かるはずだ。

結局、被害届のため、S署に向かったが、それも尾行された。私の被害相談を恐れ、警察庁は広範囲で指令を発したのだと思う。

S署の刑事課に入ることは許されたが、刑事は私の名前を聞いた突端に、何か閃いた感じだった。

「あぁ！　生活安全課にご案内します」

刑事は私と一緒に生活安全課に行ったが、その部署の人と部屋の奥でこそこそと何かを話した。

「今は生活安全課が忙しいので、午後にもう一度出直してもらえませんか」

平成二十二年五月二十八日午後四時、約束の時間にS署に戻ると、警察庁の人物かと思われる、背広にネクタイ姿の警察官が待っていた。事件の真相を握るのは、この人物だろうと思った。

「携帯電話の番号は？」

彼の最初の質問は、なんと私の携帯電話の番号だった。

上京して以来、警察は私に会う度に彼らが一番知りたいのは、私の固定電話ではなく、携帯電話の番号だった。それというのは、上京した年に、警察による電話の傍受は合法になり、公安調査庁は令状無しに個人情報を聴取できるようになった。更に携帯電話であれば、GPSによる定位追跡もできる。このように好都合を悪用し、無犯罪無違反の私を犯罪捜査する目的ではなく、私の日常生活のすべてを監視し、邪魔して破壊する目的にしていることは、この数年間で実感した。警察庁のこの男は、午前中に刑事から私は被害届を提出したいとのことを伝言されたはずだが、ちっとも私の被害情況に興味がなく、関係ない質問ばかりした。

「あなたは中国大陸の人？」

「いいえ、台湾出身ですが、国籍は日本です」

「結婚何年？」

「二十八年かな」

「えっ？　三年だけじゃないの」

「いいえ、一度は離婚しましたが、復縁してからは三年間が経ったということです」

「何のお金に問題があったの」

「子供達の養育費で」

「えっ、それは慰謝料じゃないの？」

警察の間では、正にその噂ばかりが伝わっていたのだろう。

平成十六年、那覇家裁での調停は、長男と私にとって、非常に重要な手段となる。不登校の長男に良い兆しが見えるこの大事な転換期に際し、沖縄県警が勝手に家庭裁判所の判断をひっくり返して良い訳がない。

特殊な家庭事情を抱え、経済的または精神的な負担を、私だけに強いたことと、長男がアメリカの高校に来ていた頃、信介が私に返済しなくてはいけない債務もあり、調停委員は私の責任感と能力を認め、専門家のアドバイスを交えながら、決定した債務名義は、長男を救える唯一の施策だった。それを、警察は安易に家庭裁判所の権限を越え、その役割を無視した。

取立訴訟が始まる前の数年間、私を追う沖縄県警は、養育費の金額が大きいから私を結婚詐欺に仕立て、沖縄の生活費が安いからその大金とも言える債務名義は貴女が受け取るべきではないと言い、何か変わった形で、その債務名義を取り消したのだ。

家庭裁判所が裁決した民事の定めなのに、警察は私を「婚姻期間が三年しかない外国人妻」として、長男をサポートする母親である私の心身への重荷を配慮せず、身勝手に我が家の大きなプロジェクトを破壊し、不条理な弾圧を発動させた。

「外国人妻が犯罪を犯した時に、日本人の夫はその犯罪について、妻のことを引き受けるかどうかは、その夫の意思表示がすごく重要視され、警察はその夫の反応を見て、行動するそうです」

一度私に接近した人物がわざとその話をした。

「私は、犯罪者じゃない！」

この債務名義の期間中、私の給与、失業保険、家賃収入、及び不当解雇の和解金などを入れると、収入の合計は八百九十万円あった。信介が債務不履行だったので、海外の兄弟からの送金と合わせて、千四百三十四万円のお金が全部消えてしまった。その内、息子達への支出は、千二百五十三万円にも上った。

当時は、「婚姻費用の分担調停」と言いながら、信介は私に一円の生活応援もしていないうえに、四年間決まった責務は、彼はその半分以上の期間は、私の指定口座に入金した事実がない。

病気を抱えた長男のため、私の幸せを犠牲にし、すべての収入や貯蓄を全部使い果たしてしまった。結局、一人の男（信介）だけではなく、千人も万人もの強権者は、弱者である私を踏み潰し、強制執行できる債権を奪った。しかもそれだけでなく、離婚訴訟の際、信介からなんらかの財産分与を分けてもらえないうえ、彼と婚姻期間がない期間に、妹とロバートの財産を合わせて購入した例の物件は、進藤裁判官の判決により、実際に貢献度のない信介に、私のその特有財産である物件を財産分与として与えた。

## 5

平成二十六年二月十日に、自力で控訴状を書き上げた。

控訴審が進行している間に、長男が自殺した当日に自宅現場に来ていた救急隊員は、事件の現場検証の防護服を着ているものの警察官達だったことと、その服装を根拠にして、長男の死亡は、警察の自殺示唆というより、殺人だと判断した私は、福岡高裁にその事実と経緯を知らせた。

その直後の六月下旬から、毎日のように、私が住む江戸川区集会所グリーンパレス付近の上空に、戦闘機のように、ヘリコプターが延々と飛び回っていた。マンションの最上階に住んでいたので、頻繁に聞こえる騒音に我慢できず、六月二十四日からヘリコプターが飛んで来る度に、その瞬間を逃さずに、写真を撮り続けた。私はカメラを鉄砲のように、ヘリコプターに向け、彼らの動きに追従し、連写した。

カメラで彼らを追っていると、彼らはわざと私が立っているベランダに向って来た。このようにして夜中の十二時直前まで、飛んでいた。

六月三十日に、国土交通省航空局環境地域振興課の谷氏に、私の住居の上空は最近ヘリコプターが頻繁に回旋し、時々屋上を通過し、低空飛行した事が度々あったことを相談した。

「色は青ですか」

「いいえ、黒っぽいです」

「じゃ、自衛隊でしょう」

国土交通省にちゃんとクレームを入れたのに、その翌日は、自衛隊のヘリコプターが益々威嚇するかのように数十回も上空で回旋していた。その当日、住居六階のベランダから撮ったかなり大きく映っている写真があり、如何にヘリコプターが民家に接近したのかが分かる。その後も、日常茶飯事のように、ヘリコプターが毎日うるさく私の住まいの上空を飛び回っていた。嫌になった時もあり、ある夜、こっそりとマンションの裏門から逃げ出して、江戸川区役所を通って、西友の方向に向かっているところ、頭上を巨大なヘリコプターが通過し、私の住まいの方向に飛んでいったのを目撃した。

「おーい、狙っている標的は、こっちだぞ~」

顔を上げて、パタパタと飛んでいる機体を見て、笑いたくなった。

七月十五日、控訴審の判決が言い渡される。その日の朝七時五十分頃、自衛隊のヘリコプターが待ち切れないように私に挨拶をしにきた。

「これは裁判所からのお知らせです」

ヘリコプターが運んで来たメッセージは、法廷に行かなくても、敗訴だということが、早朝の轟音で充分に予想できた。その件を含め、ヘリコプターの写真を裁判所に送った後の九月初旬か、宮城大臣が辞任会見で顔がテレビに映った時に驚いた。

「あの人か!」

思い出せば、この方はメールフレンドの形で私に接近し、二回ほど上野で会ったことがあった。初対面の時、私は白いスーツを着ていたが、シャッターが下りたお店の前で、突然壁ドンをして来て、扉がガタガタして、音が気になるということより、私の白いスーツはどうなっているのかと心配した。

当時、墨田区にある貿易会社に勤めていたが、平成十九年に連続解雇に見舞われ、九月の下旬に再び不当解雇された日に、また彼に誘われて会った。職場から待ち合わせの場所に直行し、もう出社することのない会社から私物を引き上げるのは当然だが、何故か彼は私を解雇した会社側の立場に立って、会社の機密か品物を盗んでいないかと疑い、私の手下げを奪い、中身を確認していた。

異国で度重なる被害を受け、孤独な私はメールフレンドに頼って、愚痴をこぼすのが一番大きな目的だったが、私の携帯電話だけでなく、私のパソコンも、購入した時点からインターネット業者の「遠隔操作サービス」を利用していたため、乗っ取られたことに全く気付かなかった。パソコンが乗っ取られたことにより、私は透明な家に住んでいるような感じで、どのサイトを利用し、何をする予定か、すべてが見られ、やりたい放題にプライベートを侵された。

控訴審は完敗し、債務名義の債権も、扶養的慰謝料の請求も何もできない結果となった。

私の判断では、裁判官と信介は、私の準備書面や証拠書類などを一切受け取っておらず、誰かが全権代理で訴訟を操って進行していたとしか思えない。

今まで提出した控訴理由書と控訴審の準備書面は、実は訴訟代理を断った小倉弁護士が訴訟の内容を把握し、うまく反論して作成してくれた。

「裁判所に提出する際、僕の名前を載せないでください」という条件で訴訟が行われていた。

その原因か、弾圧グループから見ると、私が「本人訴訟」だから、戦いやすい状況に好転したことを悪用し、いい加減な質問で信介が署名した準備書面について聞かれ、私がそれに対し、弁護士に詳しく反論してもらったのに、それでも信介の名前で二回も三回も繰り返し質問されたことに、弁護士は首をかしげた。
「私の推測では、すべての事件が始まる前に、その背後には、民主党の某大物政治家が指揮していたと思う」
「うちは民主党の法律事務所ですから、ご都合が悪いようでしたら、僕は辞退してもいいと思います」

法テラスでの無料相談で、若いながら有能な小倉弁護士に出会ったことがきっかけとなった。須田弁護士を解任した後、小倉弁護士に書類作成を依頼したが、その後、小倉弁護士が全然法律事務所に出て来ない時期があり、きっと私の裁判を受けたことによって、何か難しい立場に立たされ、辞めるつもりでいたのではないかと思った。

長男の自殺に絡む警察の不祥事が暴かれようとするタイミングで、益々私の控訴審に朗報がなく、光が差し込むことはなかった。

案の定、養育費の取立も離婚訴訟も、最高裁に上告せざるを得ない状況となった。しかも最高裁にも、事前に人選された裁判官と書記官ではとても勝てるわけがない。

そもそも白と黒をはっきりさせる性格で、弱者を助けることが好きな私は、原審判決に重大な違法性があり、最高裁まで正義に背いた判決には、とても納得できない。

長男を自殺に追い込んだ偽者の救急隊員を思い出すと、どうしても警察の罪を追求したい。そのために、平成二十七年三月二十九日に東京地方検察庁特別捜査部直告班に、告訴状を出した。ついでに翌日裁判官訴追委員会に発送する予定の訴追請求状も添付した。

同時に一審から上告審のあらゆる裁判官に対し、弾劾裁判を起こすのは珍しいことだろう。裁判官の背後に、誰か仲裁を指揮している強権者がいるとは思うけど、裁判官は公正性又は独立性の地位に立ち、何人にも左右されない司法権を持ち、自分の判断で無理な要求を断ることができるはずなのにも関わらず、裁判官の非行が止まらず、法治国家のルールを破り、裁判官職務上の義務を忘れ、憲法の原理を冒涜し、裁判官としての威信だけでなく、司法の権威と信頼を著しく失墜させた。

小倉弁護士まで私を見捨てたので、日本語を母国語としない私は、自力で訴追請求状を書いた。


「訴追請求状 その一」

下記の裁判官について弾劾による罷免の事由があると思われるので、罷免の訴追を求める。

記

一　罷免の訴追を求める裁判官
所属裁判所　　那覇家庭裁判所
裁判官の氏名　　進藤第一裁判官

## 二　訴追請求の事由

上記裁判官は、平成二十四年家（ヘ）第N号 請求異議事件（一回目）及び並行して行われていた平成二十五年家（ホ）第X号 離婚事件の担当裁判官だったが、いち家庭裁判所の裁判官として、債務不履行に妻子を悪意遺棄した無責任な男の嘘及び証拠に依らずの主張を認め、三十年間も育児と家事を一人でこなしながら、フルタイムで働いてきた訴追請求人の家庭への貢献度を無視し、「被告」とされる訴追請求人の書類を完全に放置し読まず、重要な証拠があるのに認めないインチキな裁判を為し、職務を著しく怠った。

また、裁判所の職員（裁判官か書記官）最終口頭弁論の反訳調書を大いに改ざんし、控訴審も上告審も進藤裁判官の判決を基にし、訴追請求人の債権や財産を、有責者である相手方に奪わせた事実がある。

訴追請求人は六百二十万円の請求債権によって、相手方の土地を差押え、強制競売命令を出されたが、進藤裁判官が法律の条理を冒涜し、前にあった複数の既判力や信義則上拘束力を有している確定判決と真逆な方向へ、相手方は弁済について何ら有効な証拠は存在せず、例の既判力ある裁判と同じ紛争で債権の存在を何度も争わせ、前の確定判決の判断を覆した出鱈目な判決を下したのは、違法であることが明らかである。

更に平成二十六年（家へ）第N号　養育費取立の強制執行に対する二回目の請求異議事件

も、無作為抽出で担当を決めたのではなく、毎回同じ進藤裁判官と伊禮書記官というセットメニューで、訴訟を行われた。一回目の請求異議よりも分かりやすく、相手方が唯一訴追請求人に入金した通帳は偽証であることを、第一準備書面でエクセルの表で説明し、分析したことにも関わらず、進藤裁判官が、かつて最高裁で確定した非を是正せず、「当事者間に争いがない」との前提事実で、訴追請求人に更なる不利益な判決を言い渡し、裁判官としての威信を著しく失わせた。

三　進藤裁判官の非行

1訴追請求人がさいたま家裁に提出した訴状は、相手方に不利な事実が書かれているから、裁判官が独断に破棄した。

2相手方の主張ばかり通し、進藤裁判官は、訴追請求人の証拠原本を見ず、訴えを無視し、更に須田弁護士に対し、裁判官に同調させ、訴追請求人の利益や立場と真逆な施策を取っていた。

（須田弁護士に対し、すでに弁護士会に懲戒請求をした。）

3証拠調べを経て、訴追請求人の特有財産という事実を知っていながら、相手方が自分の通帳に出入金した金額が物件の売買代金に不足していたとして、立て替えたと主張し、進藤裁判官がそのくだらない証拠を認め、相手方に訴追請求人の特有財産を、相手方に財産分与十七万円という利益を与えてやった。

（離婚訴訟　甲第二十二号証）

4右記の項目に述べた訴追請求人の特有財産から生じた家賃収入を、債務不履行の相手方に債務の相殺資金とした。

そもそも当事者間が相殺の意思表示をしていないのに、受働債権の要件に満たしていないにも関わらず、進藤裁判官は家賃の受領権を相手方に与え、更に債務の相殺に余った分を追訴請求人が不当利得として、不当利得返還請求権を、妻と病気の長男を見捨てた相手方に大サービスして、豪快に与えた。

5相手方は債務不履行に生活費を一円も訴追請求人に送ったことがない時に、上記の特有財産で生じた家賃収入は、相手方に悪意遺棄された訴追請求人親子三人の細々と食べる資金となった。

相手方が署名した『同意書』では、その家賃収入は借入先に返済することと合意していたが、訴訟になると、「それは暴利だ。不当利得だ」と主張した。進藤裁判官はそれを認め、その金額を債務名義の相殺に回した。

6訴追請求人が申立人として、当事者間はそこまでに何度も那覇家裁で調停を行った。相手方は生活費を渡さない、精神的な虐待をする等の記録が残っているはず。長男に何とか大学に通わせながら、社会復帰を目指すのも当事者間にとって、安心な老後を過せるため。債務名義の本旨を裏切った家庭裁判所の裁判官進藤氏は、訴追請求人の憲法上の幸福追求権に著しく冒涜し、司法の権威と信頼を失わせた。

７相手方は、二十年前に起きた一つの面接装いのセクハラ事件の判決文を根拠にして、訴追請求人に対し、慰謝料請求をした。最終口頭弁論の時に、相手方は反対尋問に負け、何の証拠も提出できずに、ずっと黙っていたが、控訴審を経て最高裁まで進み、訴訟書類を閲覧した時に初めて知った事実は、一審最終口頭弁論の反訳調書に、滅茶苦茶に訴追請求人に対し、尋問内容になかった「性交渉」「性関係」などの言葉が多く加筆され、訴追請求人の尊厳や人格を踏み躙った。

進藤裁判官は、裁判官としての適格性に重大な欠陥があり、罷免されるべきである。

「訴追請求状 その二」

下記の裁判官について弾劾による罷免の事由があると思われるので、罷免の訴追を求める。

記

一　罷免の訴追を求める裁判官

所属裁判所　　福岡高等裁判所那覇支部

裁判官の氏名　　今泉第二 裁判官

岡田第三 裁判官

二　訴追請求の事由

控訴審の担当裁判官も、一審の進藤裁判官と同じように相手方が一つゴミのような証拠でも出せば、それを黄金にしてしまうほど、真実を捻じ曲げる手腕は、すごかった。

相手方は債務不履行だったので、第三債務者に対し、訴追請求人は債権差押命令の申立をし、判決が出された。しかし相手方は、訴追請求人の代わり、第三債務者から債権を取り続けた。

また、土地代という債権を訴追請求人に受領させないため、詐害行為をし、訴追請求人が甲号証八の二に示す手紙を出した。毎月わずか一万円の土地代を阻止するため、自分名義の土地を自分の妹に名義変更した事実からみると、本気に息子達に債務（養育費）を果たす気持ちがまったくないことが分かる。

裁判官はその犯罪心理を無視し、訴追請求人が出した債権催告の手紙に相手方が勝手に入れた日付を根拠にし、相手方が直接息子達に入金した分の受領権を承認した。

相手方が、実は息子達の通帳を何冊も作り、息子達の代理カードを持ち、誰か第三者に渡し、訴追請求人の債権を受け取った。

判決は、その日付以降の出金は全部弁済金として算入された。

仕事柄、よく裁判所へ差押や取立ての手続きしに行く相手方はプロでありながら、訴追請求人の督促及び大義名分の要望に対し、何の反応もなく、一向に債務を履行する意思を表示しない。更にプロであるなら、弁済した債務に関しては、訴追請求人に対し、受取証書を請求するはずだが、それも受け取っていない。しかも求めた痕跡すらないこと自体は、弁済の存在がなかったことの証左である。

裁判官らは、このトリックを見破ることができなく、相手方ばかりを優遇し、原判決の「争いのない事実」を引用し、一審裁判官に引き続き、法廷での非行を続け、訴追請求人への救済を全然考慮せず、債権額を一気に請求債権の二百分之一に減額した。

「訴追請求状 その三」

下記の裁判官について弾劾による罷免の事由があると思われるので、罷免の訴追を求める。

記

一　罷免の訴追を求める裁判官

所属裁判所　　最高裁判所

裁判官の氏名

①山浦善樹　裁判官

②櫻井龍子　裁判官

③金築誠志　裁判官
④白木　勇　裁判官
⑤池上政幸　裁判官
（上告審、再審請求、二回目の請求異議とも同じ裁判官だった。）

二　訴追請求の事由

法治国家たる日本国の憲法、基本的人権という条理を最高裁の裁判官こそ、職務上最大の義務は、「憲法の遵守」ではないのか。

訴追請求人の代理人弁護士は、「受働債権とされる債権について、これを相殺の受働債権とすることは、上告人の財産権（憲法二十九条三項）や幸福追求権（憲法十三条）を侵害するものである上、控訴審のような広い範囲で相殺を認めることは、民事執行法百五十二条一項一号、民法五百十条の規定の解釈を誤った」と主張した。

更に、訴追請求人が同時に提出した陳述書があり、その内、（四）病気の長男が亡くなるまで、上告人の収入及び米国の妹からの送金等計二千七百五十三万六百八円（乙十二の一号証）が全部親子三人の生活費及び学費等に消えた。

強制執行できる債権の取立が出来なくなったのなら、夫であり父親である相手方の代わりに犠牲になった分、本来離婚訴訟に扶養的財産分与として、請求できると思い、自分の権利を訴えた。訴追請求人は、原審には反訳調書の改ざんや重要な書証が提出されなかった事実は最高裁での閲覧で初めて知り、それを準備書面として、最高裁に提出したが、一週間も経たない内に、スピーディーに請求異議も離婚訴訟も、その上告が棄却され、確定判決となった。

再審請求をし、今回は絶対無作為で裁判官と書記官を配置してくださいと、民事受付の書記官に頼んで了解を頂いたが、何度も同じ裁判官に、同じ葛西法子書記官というセットで決定された。

今回相手方が提出した甲十四号証は偽証であることが発覚したことで、既判力のある判決文を採用するように、最高裁に準備書面を書き、懇願したが、最高裁は再審請求に対し、全然考慮する気配がなく、社会的な弱者である訴追請求人の訴えを棄却した。

このようにして、訴追請求人の基本的人権を軽視し、勝敗は事前に決められ、特命を持つ裁判官と書記官を配置し、弾圧被害と災難から救済へと手を差し伸べず、司法制度の基本原則を根底から揺るがした罪は、許されない。

以上のように、裁判官訴追委員会に訴え、債務名義の強制執行に対する二回目の請求異議の控訴審は、まだ福岡高裁那覇支部に上がったばかりなので、追訴請求人にとって、これは最後のチャンスになる。どうか裁判官の非行による訴追請求人の被害を受け止めるようにお願いしますと記し、裁判官訴追委員会に訴追請求状を送付した。

なお、福岡高裁に対し、書記官と裁判官の忌避を申し立てたので、裁判は、かなり長い間中止されていた。

二回目の控訴審の再開を待っている間に、同年十月十六日にもう一つの裁判が那覇簡裁で、信介に提起された。

一回目の婚姻期間中、私が現金を信介に渡し、購入した土地のことだが、二回目の婚姻期間が始まる前に、その土地の上に建つマンション三階部分の住戸を購入した私に対し、その住戸の家賃収入は「不当利得金」にし、彼は地主の立場で、返還請求事件として訴訟を起こした。

## 6

「裁判はいつ終わるの」

さすがに性格の良い竹内もついに文句を言ってきた。

「私はずっとやられっぱなしじゃない」

「国の命令に従えばいいのに」

「国の命令って？　私は軍人じゃあるまいし、財産と権利を犠牲され、屁理屈ばかり書かれている判決文には誰が納得するの」

「いったいどういうことなの」

「強奪のような裁判だよ。被害者に更なる損害を与える裁判だ」

「僕はもう疲れた」

「疲れたと言ったら、もうおしまいだ」

口論を極力避ける傾向のある竹内は、とうとう黙ってしまった。

それから、彼は一週間の出張を何回か繰り返し、それ以上彼に迷惑を掛けたくないと思い、さようならの手紙を置き、こっそりと埼玉県のK市に引っ越した。

長男を亡くした悲しみがまだ解消していないままで、独り身になり、複数の裁判を抱え、弁護士の応援も得られない状態で、国家権力と戦い、険しい裁判に応戦することは、私には滅びる結果が待っていると予見していた。それで、私が悪いことをしたから和解を求めるのではなく、夫であった信介にこれ以上の争いをやめてもらいたかった。

私は弾圧されている身なので、裁判は賢い方法ではないと分かっている。長男が亡くなった直後に、残った家族全員が会えば、いろんな話し合いができるし、これからどうするかも相談できるはず。しかし、警察の非を庇ったことで、警察からどういう保証をされたのか、信介は元妻を助けるのではなく、私が持っている財産をすべて自分のものにしようと、更に苦しめてきた。

不利な立場に立たされた私は、壮絶な裁判に立ち向かうため、訴訟費用を捻出しなくてはいけないこともあり、竹内のマンションに居候させてもらったのは、後には引けない崖っぷちに追い込まれた私の唯一の生きる道だったが、「竹内辰也」という名前が、信介の口から法廷に上がった。

給料の安い元夫に、長年にわたり探偵を雇える訳はない。警察の示唆と協力がなければ、浅野社長との間の裁判の判決文を手に入れる術はない。お互いに浮気という名目で相手を訴えない約束をしたのに、私が竹内の家に住んでいるかどうかを信介がわざわざ調べないと思った。

警察と裁判所と併せての弾圧の下で、私は、ゴリラみたいなレスラーに強く顔面パンチされた感じで、一つの動きも取れなかった。

竹内のマンションは、むしろ入院病棟のようなものだった。誰も家にいない時に、孤独な私はただただ白い天井と、白い壁を見つめ、寝込んでいた。

これらのおびただしい且つ延々と終わらない裁判に、ほとほと参った。不条理な法曹界の人間が仕掛けた巧妙な罠から逃げられる訳がない私は、脳みそから血が噴出しそうだ。

最高裁で確定した判決のうち、養育費の強制執行に対する請求異議に何か引っかかった事項があり、二回目の訴訟は那覇家裁から福岡高裁へというふうに再び回ったが、確定した離婚訴訟についてはもう用がないので、離婚訴訟に勝った信介が間髪入れずに、那覇家裁に訴訟費用額の確定処分を申立て、伊禮書記官が精力的に彼を助け、私の抗告なんか全然相手にしてくれない。

そして、信介がそのわずか数万円の訴訟費用額の確定処分と、進藤裁判官がこの貢献度のない元夫に与えた財産分与の金員も、二件ともさいたま地裁の女性裁判官遠藤の命令で、私の家賃収入を差押えて取り立てた。

すべての裁判が那覇の裁判所で行われたので、私が支払った航空運賃の方が、信介が那覇市内で移動した時に使ったガソリン代より遥かに高かったのに、誰も私を助けない。

私は絶対に訴訟に勝つ自信があり、費やした弁護費用と訴訟費用の合計は、すでに三百万円を超えた。これらの費用は、どうしてくれるのか。

その僅か四万五千円の家賃収入で、何とか餓死しないことになっているが、信介に差押えられ、取り立てられた金額は、私は半年間もお腹を空かせ、家賃収入からなんとか食える状況から、食い物がなくなった苦境に陥ってしまった。その特有財産というものは、連続に起きた訴訟の中で、悲劇的で、波乱万丈の「登場人物」となった。

信介と復縁する前に、アメリカにいる妹の送金により購入した那覇市にある信介名義の土地の上に建つ借地権付きの住戸は、離婚が成立したことにより、信介がしつこく他のフロアの土地賃借人より一・五倍も高い土地代を請求する内容証明を、何回か爆弾攻撃のように元妻である私に送ってきた。

　皮肉にも彼は自称地主だが、その土地は、私が購入代金の二十パーセントを出資し、彼に裁判所での競売に入札させ、落札して購入した土地である。その後、毎月他のフロアの土地賃借人から土地代をもらっているのに、投資した私の共同財産として登記せず、頭金も返してくれないし、一度も土地代の収入を分配してくれない。

　その後、平成十一年に一度離婚したものの、信介が親権を取得したいと強く主張したので、私は財産分与を請求しないことにしたが、彼が二百万円の「解決金」を那覇家裁に命じられたが、未だに一円も支払っていない。

　長男の不登校の問題が続き、アメリカから那覇に戻り、息子達のため、私達が復縁した。この特有財産という不動産は、再婚する前に、私の妹からの送金で購入した物件である。

　不登校の問題からやっと大学に進学できた長男の希望を尊重し、那覇家裁での婚姻費用分担の調停により、例の債務名義が決まった。しかし、息子達と予定通りに上京したら、信介はその義務を履行する気がなく、妻子三人に対して悪意の遺棄をした。

　約束をきっちりと守らせるため、紙面で協議書を交わしたが、支払うべきものを支払わずに、協議書の本旨は、受働債権という条件付きの項目があるのに、意味を理解しないで債務名義を不履行した信介が、私の特有財産から生じた家賃収入や敷金礼金を着服した。

　不動産屋の担当者に何度も交渉した結果、やっとその家賃収入が私の通帳に振り込まれることになって、信介からの弁済金や生活費の応援がない長い年月の中で、親子三人が食べて行く財源となった。

こんな無責任で妻子を悪意遺棄した男を、那覇家裁では、進行していた養育費の強制執行に対する請求異議の中で、強権者は彼を助けた。信介に楽勝させる理由は、単に警察の不祥事をもみ消すためだ。確信犯とか、国益を脅かす口実で私を犯人に仕立て上げ、大物政治家が何らかの動機を持って、権限を濫用した仕返しだったことが、段々分かってきた。

法律の理論を踏み潰し、親子三人の生活費に消費した僅か数万円の家賃収入は、信介の債務を相殺資金にして、私がすでに受け取った家賃収入を（私の妹のお金で買った特有財産だから、生じた家賃は当然私が受け取るべきだが）裁判所が奪い返し、信介が弁済しなかった債務をこれで取り消していく異常な判決が言い渡された。

妹の特有財産とも言える物件を、信介に財産分与の対象にしただけでなく、離婚訴訟に勝訴したという理由で、信介が更にそこから生じた家賃収入で、財産分与できる金員と訴訟費用額の確定した金額を、差し押さえて取り立てた。

このように、信介は、いろんな形でこの特有財産から金員をもらったのに、更に離婚が成立した口実で、地主の地位で「妻」だった私に対し、パワーハラスメントを駆使し、他の土地賃借人よりも高い土地代を徴収しようとしている。

忘れてはいけないのは、彼が地主と自称しても、私が出資した事実がある。更に内助の功で、その土地のローンの支払いに貢献した元妻である私は、本来も真の地主に当たるが、信介は宅建取引士の資格を持ち、自分の名義だけにこっそりと登記し、すべての利益が彼のポケットに入ってしまった。

## 7

複数の裁判を抱え、福岡高裁那覇支部への控訴審に行くついでに、那覇簡裁に同じ日の期日を設けてもらった。

午前は福岡高裁の控訴審で、午後は那覇簡裁に臨む。

「貴方は、私に対し、訴訟を起こす理由があるの」と怒りを込めた感情から、信介を強く指さし、「財産目当てではありませんか」と言って、頭がほぼ混乱状態になった。

私の問いかけに、信介は黙っていた。

傍聴席に多くの人がいたが、なんとなく他の事件できた訴訟の当事者ではなく、信介に本件訴訟を指示した人達だという雰囲気があった。結局裁判官の判断で、この案件は那覇簡裁から那覇地裁へと昇格した。

特有財産から生じた家賃収入を「不当利得」だと主張した信介は、小倉弁護士が書いてくれた準備書面に「使用貸借」という主張があったことに恐れ、途中で訴えの変更をし、従前の請求を撤回したが、『不法行為に基づき損害賠償を請求する』という新たな名目で私を訴えた。狡猾に立ち回る信介の悪知恵に呆れた。

気が遠くなるような長い裁判の戦いに疲れ切った私は、その特有財産を売却した方が、会いたくない彼と土地の賃貸借契約を結ばなくて済むので、この方がずっと楽だと思った。しかし、意味をよく理解していない状態で、私は彼に対し「区分所有権売渡請求」をしてしまった。

三十年間、彼の財産形成に一番貢献度の高い元妻に、彼は私の最後の財産をウィンウィンの交渉をせず、区分所有権売渡請求権を発揮し、一方的な利益を得ようとし、百六十万円という小さな金額で例の４ＬＤＫの私の特有財産を買い取り、元妻をその不動産物件から退去させようとした。

更に、担当裁判官が、地元沖縄出身の不動産鑑定士を使うよう命令を出した。不動産鑑定士は無作為に任命された人ではないことが一目瞭然だ。この鑑定士は長男が亡くなった直後に那覇家裁で遺産分割と離婚調停の際、調停委員として那覇家裁にきていた沖縄公安委員会のＹ氏と同期で、沖縄県知事に任命されたＹ氏の仲間である。

この仕組みで、私の特有財産に対する鑑定評価額は、市役所に交付された固定資産評価証明書に書かれている評価額の三分の一しかない八十二万円ということになってしまった。

ある不動産屋の社長に言われたことがある。

「物件の売却は、通常その不動産の固定資産評価額の二倍ぐらいで売れる」

そうだとすると、私の特有財産は土地価格の非常に高い地域にあるので、五百万円ぐらいで売れるはず。

「貴女名義の物件を、旦那様にあげなさい」

調停委員だったY氏は何の根拠もなく、私から特有財産を奪って警察の非を庇った信介にご褒美として与えようとする。今回の不動産鑑定額の評価額も当然その目的で指示したのだと思う。鑑定書を埼玉県内で不動産業とリフォーム業を営む知り合いの社長に見せ、意見を聞いてみた。

「鑑定士は、評価額をまず八十二万円という数字に決めといて、評価額決定の理由については、いくらもでっち上げる」

「評価書の中に、交通施設、道路整備や商業施設の状態、そして将来の動向などにつき、何らかのマイナス評価がない上に、地域特性や地域の将来の予測に、むしろプラスの評価をした。更に、市内における類似の住宅地としての品等(ひんとう)は、上位だと判断されたのに」

「要は、Y氏の悪魔のような助言があったのに、貴女が調停を取り下げた。そして、元旦那さんは別の理由で裁判を起こし、公安委員が再びその目的を達成しないと、彼に申し訳なく、任務を終えないという意味で、インチキな操作をしている」

## 8

平成十六年、あの債務名義を頼って上京して以来、債権は弁済されないまま、連続解雇に見舞われ、ネット上で語学関係のビジネスを立ち上げ、何とか食べていこうと考えたが、ホームページも完全にやられた。弾圧グループに踏み潰されたら、またすぐに立ち上がるという繰り返しの中で、何とか生き延びてきた。

不可解な事件が次から次へと発生し、長男はその混沌の真っ最中に犠牲者となった。しかし、悲劇はこれで終わったわけではない。

裁判に完敗し、養育費の取り立てができず、財産分与とも無縁だった。更に私の特有財産は、借金返済の目途が全然つかずに、八十二万円で持って行かれる。

社会秩序に反したこのような判決の結果は、何故私の身に起こったのか。長男が犠牲になった後も、私を死の窮地に追い込もうとする不明な団体は、何度も私を暗殺しようとしたが、私はそれを察知して、回避することができた。

彼らの動機は何なのか。今になってやっと分かった。

私は、警察の殺人を目撃した唯一の証人だからだ。

## 9

一回目の上告を提起した後、長男名義の不動産が、無断に信介に相続登記されたことを偶然に知った。

長男に売却されないように、私は二十分の一の持ち分を長男に登記していたので、相続登記されても、私の持ち分は信介より少しだけ高い。役所は税金の割合で請求することではなく、割合の高い人である私に支払わせることになったため、信介に独断に相続登記されたことが初めて知った。

この相続物件に、一円も出資していない信介は、マンションの管理費と固定資産税を当然支払ったことがない。これらの事実は、例の那覇家裁での調停時、Y氏の暴走で取り下げたが、何の貢献度もない信介がこっそりと相続登記をし、私の分の権利書まで信介が黙って持っていった。

長男が自筆で書いた証言もあり、その全額は母親が支払ったとのことを明記しているので、私は真正な登記名義の回復を原因とする所有権移転登記手続きを命ずる判決を求めた。

真の所有者であることを、さいたま地裁に認められたので、平成二十七年四月十五日に法務局での登記を終え、当該物件は、私が百パーセントの持ち主となったが、数年間滞納した管理費もあり、築年数が古く、資産価値があまりない2Kの中古マンションである。

しかし、マンションの所有権の移転登記を命じた裁判官及び私に対する報復行為が始まった。

最初は、私のメールアドレスに「手持ち金のない貴方へ」という意味不明の名目で、「百五十万円であなたの物件を買い取ります」との誘いがあった。この金額は、例のマンションの査定額の半分になっているので、信介の相続分だと思い、そのメールを無視した。

信介に私のメールアドレスを一度も教えたことがないので、こんな売却する斡旋のメールは、裁判官の判決に不服を持つ弾圧グループの仕掛けとしか思えない。何故かというと、この判決に対し、信介が意外にも控訴せずに裁判が確定した訳だから、これらの悪党が、またしても私の財産を奪って、警察の非を庇った信介にご褒美として与えようとしたに違いない。

卑劣だなと思ったところに、賃貸に回したその元相続物件の賃借人から度々トラブル発生の連絡がきた。電気がつかないから修理をしたとか、エアコンから水が漏れたとか、しょっちゅう不動産屋から費用の請求をされた。

安い賃料しかもらえないのに、管理費も大家が負担するのでは、賃貸しても採算の取れない物件だった。ついつい売却のことを考えてしまう。

そんな時、偶然にポストに入っていたチラシの業者から、この大きなマンションを丸ごと買い取りたいという申し出があった。池袋に所在する鈴ランホームという不動産だった。

メールを入れ、見積もりの依頼をした。但し、売却金額は三百万円以上でないと、売らないとの条件を出した。

平成二十八年の年明け、控訴審が終結に向かったところに、買主が現れたと言われ、池袋の店頭で内金を受け取るため、不動産屋に向った。

指示された通り、線路沿いのモダンビルの四〇二号室に行ったが、鈴ランホームではなく、伊藤ウェディング企画という異なる会社名が掲げられていた。

今まで携帯電話の番号を教えると、大概GPSをつけられ、尾行されるので、その不動産屋にも携帯電話の番号を絶対に教えないことにした。

「さあ、どうする」

携帯電話で連絡しないことは鉄の原則だが、公衆電話もない。

「やっぱりなあ！　彼らは私の携帯電話を知りたいんだ」

固定電話を掛けるため、自宅に戻る訳にもいかない。諦めない私は、ビルの集合ポストに向った。予想した通り、入居している会社名がそこに書いてあった。

「鈴ランホーム」という会社名はないが、不動産屋は別にあり、二〇三号室になっていたが、試しにそちらに行ってみた。

中国人の方がその玄関付近に立っていた。

「すみません。このビルの中に鈴ランホームという会社はないでしょうか」

「あ、こちらですよ」

会話を交した後、奥の方から担当だと名乗る男性が出てきた。

「館山と言います」

「えっ？　四階ではなかったですか」

「こちらでお願いします」

電話では四〇二号室と言っていたではないか、と怒りを爆発させたかったが、黙っていた。

「権利書と賃貸借契約書の原本を見せてください」

「権利書は息子の名前になっていますが、その代わりに判決文があります。賃貸借契約書は、最初と最後のページだけをコピーしてきました」

「ふざけんな！」

「専任契約を交わした時に、原本を御社の白岡さんに見せましたよ」

「今もその原本を見せてください。契約書の日付を確認したい」

新しい担当の荒っぽい聞き方と接客の態度から考えると、ちっとも不動産屋の営業には見えないし、あり得ない。

「日付なら、コピーからでも確認できますよ」

館山は、私の経歴を軽視した。まさか目の前にいるこの弱そうな女性が、旦那に悪意遺棄されても、借金なしで現金で不動産物件を三軒も購入できる神業を持ち、実務経験で積んだ不動産業界の知識と、ファイナンシャルプランナーの勉強だけで、彼らと闘えるなんて、思ってもいなかったことだろう。

なるほど、このビルに入る前に、外にいる物々しい雰囲気の人物の動きを見ると、もしかすると捜査機関の人間ではないかと勘で分かった。彼らは不動産屋に扮し、営業社員と偽って、逮捕許可の令状を事前に用意し、例の書類の原本の上に書いてある日付を確認し、すぐに何かの名目で私を逮捕するつもりでいたのだろう。

そして、捜査という口実で、私の自宅にある重要な裁判書類や証拠などを全部持って行き、私に上告させないようにしようとしている。結局、原本がないことで、逮捕されることにはならなかったが、買主がいるので、売買契約書の通りに手続きが進められた。

権利書の代わりに、判決文を公正役場で証明書を作らなくてはいけないため、印鑑証明書を不動産屋に渡した。

残代金の授受と物件の引き渡しの日に、再び池袋の不動産屋に行った。立ち合いのため、司法書士が二人も来ていた。

「すみません、貴女の印鑑証明をうちの事務所に忘れました。もう一枚をもらえませんか」

「忘れたなら、取って来てくださいよ。司法書士の方がそんなに粗末なやり方で、どうするんですか」

前回この事務所に来た時も、いろいろな出来事があったにも関わらず、今回も怪しい現象が続いている。

やっと印鑑証明を返してもらい、池袋の公正役場に、その内の一人とタクシーで向ったが、もう一人の司法書士は不動産屋で待機していた。

公証人の前に、同行した司法書士は、何故かすごく緊張していて、言葉がスムーズに出てこない様子だった。

「こちらに署名して」

「どの不動産に署名しているのか、はっきりと明示してください。私はもう一つの不動産は那覇市にあるので、今回の印鑑証明は、埼玉県にある不動産にしか使いませんよ」

三百万円の不動産売買なのに、三億円の取引でもするような扱いで司法書士を二人も動員した上に、私の印鑑証明をもう一枚がほしいとまで言う。那覇市にあるその特有財産に対し、沖縄県警公安委員のY氏がアドバイスした通り、一枚の印鑑証明でも取得すれば、司法書士の職権で簡単に私の財産を奪え、信介に与えることができる。

相続物件は、私が真の所有者であることを裁判官に認められてしまったことが、この弾圧グループにとって、大変ショッキングな結果となった。仕方なく別の方法で私の特有財産を奪い、ご褒美として信介に渡したいと思ったのだろうか。ただ忘れてはいけないのは、私の財産を渡す義務など何一つないだろう。

言うまでもなく、今までの裁判で私は大変な被害者になった。しかし、実は長男の死により、我ら家族全員が実質的に犠牲者となったことは無視できない。

私に対する、このような弾圧は、まるで私達家族を殺し合うように仕向けた。あたかも、強権者に操られている状況だった。

養育費に関する控訴審が再開したので、私にはまだ勝訴の希望があった。しかし、ここで知恵が閃いた。元妻であり、子供達の母親である私は、裁判所に上申書を書き、信介に対し、例え彼が偽証した罪があったとしても、私は彼に対し、刑事告訴をしない旨を裁判所に宣言した。

# 第三章　長官の黒い影

## 1

長男が法政大学に入学した後、私はジオスこども英会話教室に採用され、英語講師として勤務していた。

やがてＳＡＲＳが流行し、沖縄新報が「台湾人上陸拒否」の運動を扇動し、台湾の観光客に対し、高熱もなく感染の疑いもないのに二度も検疫し、更に強制的に観光客に手を消毒させた写真を新聞紙で見ていると、観光客は敗戦国の戦犯みたいな扱いをされ、人種差別を許さない国アメリカで長期間滞在して日本に帰国した私から見ると「これは完全な人権侵害だ」と思った。正義感の強い私は、読者の立場で沖縄新報にいくつかの意見を述べた。「沖縄に入境する際、すべての国の人が検疫すべきことと、二度も検疫することは人権侵害に当たる行為だ。また、この新型インフルエンザは中国の広東省から始まったものなので、ＳＡＲＳはイコール台湾ではない」ということに理解を求めたが、沖縄新報は私の意見を無視し、益々感情が高まったような批評を新聞紙の一面に掲載し、連日騒いでいた。

購読料を支払って、毎日不愉快な報道ばかりを読まされたことにうんざりした。販売代理店に電話をした。

「解約します。今日からもう新聞を私の家のポストに入れないで下さい」

配達しないでくださいと伝えたのに、依然として新聞が配達された。しつこいと思い、白い紙にメモを書いた。

「沖縄新報をお断りします」

その紙を新聞受けのポストに貼った。

「今月分の購読料は支払いますから、もう解約します」

再び電話をして、代理店に通知した。

その翌日、ワイシャツ姿の男性三人が自宅に来た。

「沖縄新報です」

「もういいです。と言ったよね」

私は玄関の扉を閉めていたら、ベランダの扉に掛けてあったポストの上に貼ってある白い紙を持って行かれた。

その直後、平成十五年三月、小泉内閣が初めて国際犯罪を対処する刑法「共謀罪」を国会に提出した。三度も国会に提出され、継続審議を繰り返し、いずれも廃案となった。

「沖縄新報に変な言い訳をされると、確信犯にされて逮捕されるぞ」

地元で知り合った友達と、この騒動の件で意見を交わした。

「既遂でなくても共謀罪なら、未遂だけでも処罰されるよ」

「恐ろしい国じゃないか。ヒトラーのナチスにでもなるのか」

ＳＡＲＳ騒動の真っ最中に、私が勤務していた英会話スクールに警察官が訪れた。

「外国人はいないか」

「オーストラリアの英語講師がいるけど、他の全員は日本人ですよ」

学校のマネージャーが助けてくれた。難を逃れたと思いきや、恐ろしい状況が発生した。

豊見城教室に出勤した時のこと。学校の外側に大勢の親御さん達が集って、何かモゾモゾしているような感じだった。

「大浜先生ですか」

「あ、はい。こんにちは」

どんな目的で集まっているのか分からないが、彼女達は私の冷静な態度を見て、少し戸惑っている様子だった。

教室に入り、普段通りに授業を進めた。

「先生は台湾人だよ。台湾人だよ。わあ～伝染病だよ」

最初の時間帯は、小学校低学年のクラスだが、生徒の中に体がとても大きい男兄弟二人がいた。親に教えられたのか分からないが、教室の中ではしゃぎ出し、乱暴な言葉で叫んでいた。

「静かに座ってください。今は授業の時間ですよ」

ちゃんと席に着くように指示したが、大きな声を上げながら、教室の中でまた走り回って、暴れていた。

親御さんの間で声を掛け合ったのが原因か、豊見城教室の生徒数が急激に減ったので、私は自ら辞表を提出した。しかし、福岡本部の教務主任に慰留され、三カ月間考える余裕をもらった。


アメリカに渡る数年前に、私は那覇市内で立ち上げた留学センターと語学教室があり、買い取ってくれた城間さんが元気に頑張っているのかなと様子を見に行った。

日差しが強いロサンゼルスでは、サングラスを掛けるのが当たり前のことだったので、それが癖になっていた。と言っても日本では少し恥ずかしい気持ちもあったが、顔を隠すためサングラスを掛けた。

「どうして沖縄に戻って来たの」

そのことだけは聞かないでほしいと、心の中で祈っていた。

「おぉー、大浜先生ではありませんか」

偶然にも現在のオーナー城間さんと階段でばったりと会った。

「いつ帰ってきたの」

「一年半前かな。元夫と復縁したよ」

「みんな元気にしてる？」

「うん。私はジオスで英語を教えているけど、嫌なことがあってね」

「うちに来てくださいよ。英語教室の生徒が増えたけど、ウィリアムが来られない時もあって、助けてください」

「中国語のビジネスはどうだった？」

「中国語教室は主に高先生が教えているけど、留学のことは詳しい人がいないから困ってるわ。ちょうどタイミングが良かったじゃない」

「留学関係しかやらないよ」

「それで十分。英語の授業と留学アドバイザーの担当を頼みます。コンサルタントの肩書で名刺を作りますね」

平成八年、浅野社長との裁判が始まったと同時に、アースチャイナ国際交流センターを立ち上げ、中国と台湾の留学斡旋、翻訳通訳と語学教室を営んだ。

同じオフィスビルに出店している万里不動産の福原社長といつも地下駐車場で会い、「頑張ってね」と、よく声を掛けられ、城間さんの小学生の娘を教室に紹介してくれた。

息子の憲一と英司にも中国語を勉強させたい気持ちがあり、城間さんの娘と同じ初級クラスに組ませてちょうど良かった。中国語を勉強した後、跳棋（ダイヤモンドゲーム）も楽しませた。

自分の新しいビジネスに専念していたので、実は、浅野社長との間の裁判に構う暇がなかった。

## 2

平成十一年の年明けに、私は離婚調停を申立てた。

ある日、万里不動産の社員に呼ばれて、その事務所を訪問した。福原社長から「台湾への出張通訳をお願いしたいのですが」

「えっ、どんな内容ですか」

「皇室の方が持っている古硬貨と紙幣が盗難され、台湾に流出したそうなので、警察の捜査が始まる前に、事前の調査を大浜先生にお願いしたいと思います」

依頼の内容に戸惑ったが、沖縄では通訳の仕事は少なかった。考えた結果、それに応じた。

一回目の赴任する前に、台北に住む友人に骨董商の調査を依頼した。それから彼女と一緒にその骨董品店に行き、日本の古硬貨と紙幣の写真を撮らせてもらった。

そのビジネスをなし遂げるため、福原社長が東京に行き、国会付近のホテルで、ある大物政治家に会ったという。その戻りに、政治に全然興味がない私は、驚くような話を聞かされた。

「政治家って、汚いよ。ホテルでお金のやり取りをしていた」

「えっ、お金？」

「まあ、台湾の仕事に行くための必要なお金さ。このビジネスが出来上がったら、一千万円を差し上げますよ」

「ちょっと、多すぎるんじゃないですか」

「心配しなくていいよ。私の指示通りにやればいいから」

仮にも、東京大学法学部出身の福原社長なら、無茶なことはしないだろうと信じた。

「ちなみに、その大物政治家って誰ですか」

「国家公安委員会の委員長という経歴を持つ人物です。強いパイプを持っているし、沖縄との人脈も多いです」

「政治家のことは全然分かりません。誰でしょう」

「この方は、連立が得意だな。与党を利用したり、自民党に復帰したりして、将来は総理大臣になる野心を持っている人じゃないかな」

　政治は何のために存在しているのか。政治家は何故大金を必要とするのか、まったく想像がつかない別次元の世界だ。

五月の下旬に、台北の骨董店で、その古硬貨と紙幣を購入する準備を整えた。それと同時に、六月に家裁調停の期日も入った。

偶然なのか、福原社長はその期日の前日を、古硬貨と紙幣の購入をする日程にしていた。

「スケジュールを少しずらした方がいいと思いますが……」

「クライアントの決済の都合もあるからね」

何かと雰囲気が慌ただしくなってきた。

「無事に調停の日にちに間に合うよう、すべてが発生しそうな交通費も負担してくださいね。仕事より、調停のことが何より優先です」

「その程度の出費は、全然問題にならないよ」

いよいよこの大きなビジネスが始まった。台北でのやり取りは、友人に頼って成し遂げるつもりだった。

購入代金の振り込み先は、事前に台北の銀行で作った口座にした。

「申し訳ないけど、送金は明日の日付になるから、延泊してもらえないかな」

福原社長から予想外の電話が掛かってきた。

「延泊したら、明日の調停に間に合いません」

「頼みます！」

「調停が、私にとってどれぐらい重要か分かりますか」

「じゃ、購入代金は、お友達に立て替えてもらえないかな」

沖縄では、福原社長のように私のビジネスを心配してくれる人がなかなかいないので、信頼関係があった。人望のある方だけに、まったく疑うことができなかった。

「福原社長の会社のメンツに掛けて、保証してくれますか」

「大丈夫ですよ。この前、一緒に琉銀本店へ前金を振り込んだじゃないですか。僕のお金をその銀行から全部崩したら、その銀行も潰れるほどで、僕の貯金額を頼っていますよ」

友人は、立て替えることを承認してくれたが、骨董商は現金しか受け付けないということで、友人夫婦と三人がかりで一千万円という大金を運び、台北の町で持ち歩いていた。

さすがに友人の旦那が怒った。

「莉莉、お前は何をしているのか。危険を伴うビジネスを引き受けるのをやめて！　馬鹿じゃないか」

「申し訳ありません。明日は、どうしても家庭裁判所に行かなくてはいけないので」

小学校の同級生という絆もあり、友人は私を信頼している。しかし、今思うと、何故、騙されるかもしれないとか、立て替えたお金を取り戻せないリスクがあるとか、そんなことを一度も考えたことがなかったのだろう。

古硬貨と紙幣を手に入れたのは、夕食の時間になっていた。予約した那覇空港行きの飛行機には、もう間に合わない。

至急翌日のフライトを予約しようとしたが、思った通り、翌日の那覇行きの便の空席はなかった。観光客が多いことと、台湾に近いメリットがあり、いろんな目的で利用する人が多いからだ。

福原社長に任務を終えたことを電話で報告したが、明日はどうやって那覇に戻るかは黙っていた。極度の緊張感と疲れがあって、このビジネスに関する疑問点が多かったからだ。

3

翌日、朝五時の便で羽田空港に向かった。当時、羽田空港は国際空港ではなかったが、中華航空だと羽田空港に着陸し、その空港を利用し、そのまま入国の手続きができた。一秒を争うかのように那覇空港行きの飛行機に乗った。

那覇に着くと、また急いでタクシーに乗り込み、やっと那覇家裁に着いたのは、午後一時を回ったところだった。

受付の書記官に声を掛け、予定の部屋に向かったが、驚いたのは、池宮城弁護士がいた。私の離婚調停なのに、セクハラ裁判の担当弁護士が何故その部屋の外の廊下にいるのか。弁護士の表情は、少し申し訳ないという雰囲気が漂い、異様な感じがした。

挨拶する時間もなく、私は重い気持ちで部屋をノックして、中に入った。

福原社長を通して、私を遠く台北に飛ばし、池宮城弁護士を離婚調停の場に来させたのは、誰か、どんな目的で、こんなことを計画したのか、ちっとも理解できなかった。

その謎と、その緊迫の一日のことは、二十年が経った今でも、忘れることがない。浅野社長との裁判は、なんだか複雑な事件にされ、私は何かの罪名に仕立てられ、当時の警察関係者と裁判所との連携がないと、台北の任務は、とても考えられないビジネスだった。

離婚が成立した後、沖縄を去る前に、城間さんが私の事務所を買い取った。インターネットやウインドウズがまだ普及していない時期で中国大学のデーターが乏しかった。留学の手続きに詳しい人材も少なかった。私のように中国留学を得意とするアドバイザーが現れない場合、城間さんの親友である日本人の英語講師が教える英語教室という運営方針で、やっていった方が無難かもしれないと、私はアドバイスした。

アメリカから戻ってきて、久しぶりにこのオフィスビルに訪れたが、万里不動産の看板はすでに取り外され、会社は存在していない様子だった。

城間さんがオーナーになって、英語と中国語教室両方の生徒数が増えたので、お隣の部屋まで借り上げ、小中高生で賑わっている。

週三日しか出勤しないということで、給料は当然ジオスより遥かに少ないが、自分が立ち上げた会社が健在していることが、何より嬉しかった。また、週に一度の夜は、英語の授業が入っているので、午後からの出勤となり、大概夕方五時半頃、いったん開南バス停の近くにある食堂でソーキそばを食べてから、教室に戻る。

授業時間が近づいたら、那覇署を通って、寄宮にある教室に向かう予定だった。その前に開南バス停の手前の道沿いに車を止め、車内で待機していた。座席を倒したら、目の前に大きな交通標識が見え、無意識にその注意の内容を頭の中にインプットしてしまった。

指定方向外進行禁止の標識だったが、左折の方向順守とされ、その本標識の下に『午後六時から七時半まで左折しかできない』という補助標識が設けられている。

「そうか。この先はバスレーンがあるのだ。左折しなさいということは、真っ直ぐには行けないのだ」

真っ直ぐに行くと、那覇高校があり、警察本部がある。左折すると、やがて那覇署が見え、寄宮十字路の方向に行く。左折しかできないなら、ちょうど私の教室も左折した方が行きやすいので、ハンドルを左にきった。暫く車を走らせると、大きな交差点に当たり、那覇署が見えてきた。

署員を動員しやすい環境なのか、大勢の警察官が集まって、そこで取り締まりを行い、違反切符をきっている。

違和感があったものの、原因が分からない。とりあえず教室の時間に間に合わないといけないので、違反切符を受け取ってから考えようと思った。これは平成十六年六月ごろのことだった。

翌日、確認するために現場を見に行った。

「やはりバスレーンの時間帯は、左折しなさいと書かれているよ」

こうつぶやきながら、警察が正しい根拠に依らずに、善良な市民に罰金を課していること に違和感を抱いた。いくら警察の頭の中で、この左折した後の道路はバスレーンであっても、 標識の通りにルールに従わないといけないのは、運転手の義務ではないかと思った。

これ以外に、もう一つ大きな出来事を思い出した。自宅付近の久茂地交差点から國場ビル の傍の道を利用し、ダイエーの方向に行くことがよくあった。ある日、その道路が一方通行 になったことのお知らせが、新聞広告で案内されていた。

しかし、いつもの習慣で、その道路は双方通行だったので、ついにその道路に入って、ダ イエーに向かった。道は案外広くて、危険にはさらされなかったが、対向車線の運転手に激 しくクラクションを鳴らされた。謝ってなんとか近くの道に行って、方向を変えたが、今後、 対向車と衝突事故が起きると危ないので、警察に電話した。

「本土か、外国から来る観光客のことを考え、新聞広告だけで地元に住む人に知らせるので なく、進入禁止という道路標識を作るべき」

その提言は採用され、進入禁止という丸い交通標識がすぐに立てられた。

自宅の近くにある国道五十八号線の道路の路面に、バスレーンの時間が白い文字で大きく 書かれ、初めて那覇を訪れる人でも分かりやすい運転の環境になり、交通ルールを違反する恐れがない。しかし、今回開南交差点付近のバスレーンは、その時間になったら自動的に正しいバスレーンの案内板が上がって来ると言われたが、残念なことに、古い標識を撤去するのを忘れ、私のように古い標識を見ている市民に過大な迷惑を掛けたのに、善意の指摘は、結局、大きなバッシングを受けてしまうきっかけとなった。

誤った道路標識は、警察の管轄だと思い、警察に連絡した。那覇署に問題の指摘をし、担当の警察官と一緒に現場へと向かった。警察官が十分間ほどその誤った標識を見つめて、やっと問題点を理解したようで、持っていたカメラでその標識を連写した。

その後、警察本部の関係部署から連絡があり、私への罰金を取り消したというハガキが送られてきた。まさかそれが仕返しされるネタになるとは思わなかった。

二男が大学受験のため、毎日学校が終わると塾に直行するので、私は晩ご飯のお弁当を作り、塾に届けるのが日課だった。

標識の問題があった直後、仕事の帰りにスーパーで夕食の材料を買って、駐車場から車を出そうとした時のことだった。

車を駐車スペースからバックして前進しようと思ったところ、右側に大きなボンゴ車が対向車線を使い、私を追い越した。

ブレーキを外し、アクセルを踏む前のことだったので、相手の車の後ろのタイヤ辺りにぶつかってしまった。公務員のような顔をしていて、体格の大きい男性が車から降りてきた。

「警察に通報するぞ」

乱暴な声を上げて、飛び掛かって来そうなポーズをしていた。どうせ事故に遭ったら、警察を呼ばなくてはいけないので、「どうぞ！」と言った。

相手がずっと私の車の外側に立ち、手振りでガガガとブツブツと何かを言っていた。車窓をしっかりと閉め、顔をハンドルに近づけるようにして、相手の顔を見ないようにした。怖い思いで、パトカーが到着するのを待っていた。しかし、二十分経ってもパトカーが来ないので、怪しいと思った。警察本部は一キロ先にあり、那覇署からパトカーを出したとしても通勤ラッシュ道路と違う側から来るので、サイレンを鳴らさなくても五分程度で着くはず。

「すみません。男性の方が連絡したと思いますが、パトカーがまだ来ません」

待ち切れない私は、１１０番に電話したが、ちょうどその時、パトカーが見えたので、電話を切った。

パトカーから降りた二人の若い警察官が、事情を聞いてくれた。

「追い越すのは危ないからやめてくださいね。だけど、両方注意義務があるから、気をつけてね」

一見問題がなさそうな衝突事故なのに、微妙な結果となった。

「警察は、貴女が百パーセント悪いと言ったので、保険が効かないって」

信介が保険代理店に電話したら、このような回答をもらった。

「百パーセントが悪いというケースは滅多にないでしょう。却って今回の件は、相手方は、九十五パーセント悪いと思うよ」

人身事故でない場合、保険代理店同士の話し合いなので、そんなに複雑な話にならなくて済むのになと思った。

「相手方は警察じゃないの」

信介が黙っていたので、私は那覇署へ調書を閲覧しに行った。

調書の上に書いてある実況見分は、当日に確認し合ったものとは全然違った。受付の警察官に問題提起の話をした。

「あっ、この人は地域の人じゃないいな」警官がこうつぶやいた。

「地域の人じゃない」という言葉が脳内で響いた。担当警察官或いは出動したパトカーは、那覇署ではなく、浦添署か豊見城署から個人的に頼まれて出動したものではないかと思った。

その騒動の直後、私が職場の地下駐車場から表に出ると、いつもパトカーがサイレンを鳴らし、私の自宅まで追跡する。それから、二男の塾に晩ご飯のお弁当を届けるために再度自宅を出た時、またパトカーのサイレンを鳴らされる。

最も酷いのは、塾の前の道路沿いで、二男がお弁当を取りに来るのを待っている間に、警察本部の方向から来るパトカーが対向車線を使い、サイレンを鳴らしながら、私の車に正面衝突しようとし、ぶつかって来そうな威喝行為をしてきた。

沖縄県警に過ちがあったのに、理不尽な不正行為が続き、交通安全課に文句の電話を入れた。警察本部にお話を聞かせてくださいと呼ばれ、警察本部担当の方は、親切に私にお茶を出してくれた。

相談の場を借り、例のセクハラ裁判の時も、家の隣の駐車場は警察の防犯カメラを設置され、私が家を出ると、同様にパトカーでサイレンを鳴らされながら、恐ろしい追跡をされたことに抗議した。

職権を濫用した警察の非を改めることなく、県警は公務員の守秘義務に違反し、夫にそのセクハラ裁判のことを偽りの「不倫事実」と伝えた。

長男の問題で頭を抱えた教訓を生かさず、財産だけが目当ての信介は、むしろ喜んで慰謝料の請求に夢中になり、しつこく私を責め、私を首吊り台に追い込み、自殺しようするのを止めずに、見ていた。

沖縄県警察本部にいろいろと相談したが、益々パトカーにサイレンを鳴らされた。二男までが被害に遭い、学校から自転車で塾に向かう途中に、車にぶつけられ、血まみれの格好で私の目の前に現れた。息子までいじめられる対象となり、とんでもないことになったと思い、弁当を二男に渡した後、すぐ近くにある警察本部に直行した。

## 4

「私は警察の非を追求するつもりは全然ないです。指摘した過ちを正しく直してもらえば、市民の皆様も助かるし、警察に迷惑をかけることはまったく考えていません。これから息子の大学受験に専念したいので、このような乱暴な行為は一切やめてください」と玄関付近のカウンターに当番していた受付の若い警官に訴えた。すると、彼は「刑事部長が何かをやる予定だと、言ってたよ」

「えっ？　私は無犯罪無違反なのに、何故刑事部長が……」

不思議な告知をされたけど、その直前に本部での相談は、警備部の方が受付してくれたので、今回の情報が遅れたのか。刑事部長から警備部長に変わったのではないかと、あり得ないことに悶々とした。

不正や過ちの渦中、県警本部長T氏は辞職したが、後ほどすぐに警察庁に復職したことを地元の新聞紙で大いに報道された。

上京後、労働権も裁判権も剥奪され、二人の息子まで犯罪者扱いされたことなどを、管轄のK署に頻繁に相談しに行った。結局、平成十九年三月、K署生活安全課の課長も警察庁に異動されたことを新聞で知った。

セクハラ裁判を起こした年の沖縄県警本部長と、警察の過ちや不正があった時の沖縄県警本部長と、一番私の被害を聞いていた埼玉県警Ｋ署生活安全課の課長とも、みんな警察庁に異動したことに、非常に異様な感じを受けた。

そもそも政治家や警察に無縁な私は、警察庁と警視庁の区別さえ分からなかった。上京した当初、パソコンを買う余裕もなかった。分からないことがあっても、ネットカフェなどでネット検索する習慣すらなかった。

無犯罪・無違反の私だが、何故、私が警察に付きまとわれたのか。ちっとも理解できなかった。

沖縄から東京に来た頃、警察庁は、警察が電話の傍受しやすい環境を整えるため、通信傍受制度に関する法整備を進めた。しかし私は、通信傍受の対象となる犯罪の薬物関連、銃器関連、集団密航の罪や組織的殺人等に該当する項目など一つもない。

それなのに沖縄を出る前から、警察は汚い手法で私の携帯電話の番号を聞き出した。彼らは、犯罪被疑者に対する捜査上の便宜を図るためのではなく、私の生活上及び息子達の予定等のことに対して何でも邪魔をし、破壊するのが目的だった。

具体的な罪名も挙げないまま、警察が私の携帯電話の傍受及びＧＰＳの機能で私の特定位置を把握したことは、単なる仕返しのために情報収集をする手段に過ぎない。この十二年間、携帯電話の電話番号がバレる度に電話番号を換えた回数は、すでに二十回を超えた。

長男が亡くなった日にも、病院で一番私に接触し、また自宅で現場検証をしていた警察官達がみんな去った後も下手くそな尋問をした若い刑事は、長時間の現場検証に耐えきった遺族の心痛に配慮もせずに、自分の携帯電話を私の家に忘れたという口実で「携帯電話を貸してください」と言い、刑事自身の携帯に着信させる形で、私の携帯電話の番号を取得するという驚きの手法を使った。

これら動機不明の警察グループは、犯罪と関係のない私に対し、通信の秘密を侵した行為は明らかに犯罪になるが、彼らの罪は誰も追及しなかった。

しかも、私の携帯電話の番号を取得できる警察だと、何かと大きな昇進につながるメリットが定められているだろう。どの警察も私と接触する度に、私の携帯電話の番号を一番先に聞くことが仕事となった。結局、上京して以来、連続不当解雇や私の通勤途中、電車に乗ると電車が人身事故に遭ったり、何かの原因で突然電車が運休したりし、仕事に支障が生じるこの仕掛けのすべての起因は、ＧＰＳの定位をされて、携帯電話が傍受されたことにより、私の行動や予定等を全部潰すという極秘指令なのではないか。これら弾圧グループの警察達に、誰か偉い人物が指令していることに間違いはなかった。

5

東京に引っ越した直後から、千住四丁目交番の警官が身元調査をしに来たことを始め、毎朝通勤時、北千住駅に向かう途中、どの交差点の両端とも制服の警察が立っていた。

沖縄県警に過ちがあり、不正があったことで、私は酷い目に遭ったので、東京の警察は、見守ってくれると思い込んでいた。

その後、あり得ない現象と、様々な怪奇事件が次から次へと発生し、沖縄警察本部がこの「震源地」になっているに違いないと思っていた。

長男の自立を助けるため、そして、成績優秀の二男に立派な大学生活を送ってもらうため、債務名義の金額は息子達の大学四年間最低限の食事代と賃借料に対してのものだった。

那覇家裁の調停後、ちょうど米軍基地のエアフォースが英文事務を募集していたので応募した。別居の合意があったものの夫婦は、やはり一緒に住んでいた方がいいし、悪くない給料であれば、長男への仕送りはもっと手厚くなり、一人でものんびりと学校に通うことができるだろうと思ったが、沖縄県警は、その時から私の就職活動の邪魔をし始めた。

「何故沖縄にいるのですか」

米軍基地の米軍面接官に聞かれた。

ている。

「主人は沖縄の人で、私は沖縄が大好きです」
「俺はそうとは思わない。貴女はこの土地から去った方がいい」
アメリカ人の軍官が、そのような話をすることは非常に珍しく、あり得ないことだと思っ

今は、振り返ってみれば、就職の邪魔と阻止することだけではなかった。那覇家裁からもらった債務名義も、後ほどの養育費取立訴訟に提出された証拠や信介が弁済したと主張した私のみずほ銀行の取引履歴や息子達のゆうちょ銀行の通帳にあった出入金のデーターから分析すると、その不明な警察グループが、私が上京した当初から東京と埼玉県内で活動し、私の債権を「義賊」の形で勝手に奪い取った。

米軍基地での就職は無理だったので、予定通り上京し、三カ国語を使える能力を生かし、稼ぐことにした。しかし、首都圏の複雑な交通網に少し恐怖心を感じた。地理関係をまったく把握していない状態で、下りか上りかうっかりすると、もう一度下車し、三倍以上の時間を掛けて、やっと行先の駅にたどり着く。沖縄にいた時は、近くのスーパーに買い物に行くにも車を使い、自分が立ち上げた会社への通勤は、車で五分もあれば行けた。

上京後、片道は一時間以上の電車通勤が殆どだった。満員電車で立ちっぱなしして、更に八時間勤務した後、また満員電車で帰宅する毎日は、すでに体力が弱った四十八歳になっていた私には、かなりキツかった。

二男が首都圏にある国立大学の受験後、二月二十七日に全日空の便でいったん那覇に戻り、中央大学の合格発表もあるので、沖縄で待機することになった。早速私も就職活動に動き出し、偶然中国語の新聞広告で知った高田馬場にある仁義旅行社に応募し、面接に行き、即決で三月三日から勤務開始となった。

二男も私も東京に土地勘がなかった。長男は先に来ていたので、北千住マルイ店内の二階にゆうちょ銀行のATMがあることを教えてくれた。駅を出てすぐ近くにある場所なので、非常に便利だ。

ゆうちょ銀行は、他の銀行と同じように、キャッシュカードがないとATMから出金できないと思っていた。その知識不足で、私が銀行通帳の管理上、一つ大きな失敗になった原因だったかもしれない。普段私は通帳をまとめて一カ所に置き、キャッシュカードは別の場所に隠し、肝心な印鑑は大概ロックできる場所に保管する。

長男は、大学の図書館に通ったりして、マイペースに学業に励んでいた。二男の大学受験は結果待ちという状況で、私は働き始めた。

二男名義のゆうちょ銀行のお金が、足立本局のATMから何者かによって出金されたことが取立訴訟の時に発覚した。平成十七年三月十四日のことだった。ちなみにその郵便局は、千住署から徒歩十分ぐらいの場所にある。

例の二件――那覇家裁で同時進行していた訴訟は、私がこの事実を暴き、それを信介が認めた後に、誰かの指示を受けたのか、それ以降、裁判所とのやり取りは、相手方は信介ではなくなり、背後に誰かが操っている状況に切り替わったことが見受けられた。

警察が私のことを見守っていると信じ込んで、上京した当初、当然債務名義の弁済に際し、みずほ銀行しか関係ないと思っており、息子達のゆうちょ銀行の出入金に何らかの問題が起きるとは想像すらしたことがなかった。

まさか私の労働権まで、強権者の手で持て遊ばれていたとは。

一生懸命頑張るつもりだった私に更なる悪夢が待っていた。

四月五日に、仁義旅行社に出勤してみると、わずか一カ月しか経っていないにもかかわらず突然解雇された。

中国や台湾の格安航空券しか取り扱っていない旅行社なので、お得意様は中国人か台湾人に限定されている。しかし、解雇される数日前に、日本人のお客様と日本語がすごく流暢な中国人カップルが数回訪れ、その直後に不当解雇を言い渡された。

「電話の時は、もっと若々しい声を出せませんか」

面接時に私のことを大いに褒めてくれた社長は、急にこのような不条理なことで私を責めた。

初めて不当解雇に遭遇し、なんだかふざけている感じもしたが、特に反抗をせず、もっと立派な仕事を探してもいいじゃないかと思い、退社した。

今度こそ真面目に正社員の採用を目標にし、精力的にハローワークに通っていた。しかしハローワークの職員は、上からの指示を受けたのか、積極的に私の求職に応じない様子で適当な返事をしている。性別や年齢を差別してはならないはずなのに、普通の会社の営業事務を希望したが、職員は、応募先の会社に電話をしてくれたものの、何だかおかしな受け答えをしている。

「この会社は男性しか採用しないと言っています」

やっと浅草にある一社が面接を許可してくれ、企業担当の方が親切に応対してくれたが、面接会場に行ってみると、予想と違う雰囲気の年配の方と、もう一人感じの悪そうな女性が待っていた。印象的だったのは、その企業の担当の方がすごく悔しそうな表情で、私がエレベーターで上の階にある面接会場へ上がろうとした時に、彼が拳を握りしめた仕草に違和感を覚えた。

「何故この仕事に興味があるの」

「中国語と英語の両方を活用できるからです」

「貴女はね、仕事を探さないで、いい男を探して結婚した方がいいと思いますよ」

沖縄を出る前から、米軍基地での面接もそうだったし、今回の面接もこのようなあり得ないことを言われて、不思議に思った。

ハローワークに不信感を感じていたところに、登録していた大手派遣会社からの紹介で、何故か更に小さな派遣会社を経由し、雑色駅付近に所在する国際特許事務所の英文事務として仕事に就いた。

弁理士は特に変な人とは思わないし、入社時にもう一人の社員木村氏も親切にしてくれたが、途中で木村氏が離職し、沖縄苗字の上原という男性に入れ替わった。それまでは平和な暮らしをして、仕事をこなしていたが、上原が入社すると、今までと違う仕事をさせられた。節約するために、弁理士が貯めてあった古いカレンダーや紙類のものであれば何でもメモ用紙にするため、一枚一枚カットしなさいと言われた。

国際特許事務所への出勤の道のりは、北千住から常磐線に乗り、上野駅で乗り換えて品川に行く。そこから京急蒲田行きの電車に乗り、最寄り駅に着いたら会社に向かうため、更に二十分も歩く。

乗り換えが少し遠回りしていることを上原が教えてくれた。雑色駅を利用するようになるのは少し楽とは言え、五分間の短縮だった。

信介の入金が遅れた時に、雑色駅の近くにあるみずほ銀行のATMを利用し、信介からの入金が入っているかどうかを確認すると、いつも二人組の若い男性がパタパタと同時にATMコーナーに入ってくる。結果として、入金されていないので、いつもため息をして、雑色駅の傍にある食堂で夕食を取った。

上原が入社してからは、弁理士が時々訳もなく私に怒り出す時があった。弁理士の顔はなんとなく沖縄にルーツを持っているような感じで、せっかく沖縄の虐めから逃げ出してきた私は、このままじゃ病気になってしまうと思い、五月の末日に国際特許事務所を辞職した。

今度は、足立区のハローワークではなく、上野のハローワークに通ったからか、案外早く入谷駅付近にある外資系企業株式会社ラントロに、正社員として採用された。

六月の初旬に那覇地裁の期日が入っているので、入社日は十三日にしてもらった。

平成十六年、信介に対し、再び離婚調停を起こした時に、ＡＥＯＮクレジットカードのトラブルも一緒に解決しようと思ったので、決済口座に使った沖縄銀行の通帳にあったお金が、どのような経緯で残高不足になったのか知りたかった。

信介が勝手にその通帳からお金を下ろしていないかを調べるため、銀行の窓口で確認に行ったところ、どの出金もＡＥＯＮクレジットカード会社からの引き落としとなっている。

当時すでに信介と離婚していたのに、ＡＥＯＮクレジットカード会社は、信介に私の残高不足になった月の使用明細書を送っていた。

「本人」である私が、その連絡を信介から受けた時に、すぐに居住地のアメリカからＡＥＯＮクレジット会社那覇支店に国際電話をし、残高不足になる月と、その前のあらゆる月の使用明細書を私に郵送してくださいと請求したが、完全に無視されていた。信介に連絡を入れ、憲一に送金しなかった分、その分で代わりに支払ってくださいと頼んだ。

憲一と共にアメリカから沖縄に戻ってきた当初、憲一が頻繁に家出をしたことに大変苦労して、パニック状態になったところに、ＡＥＯＮクレジットカード会社の社員が突然領収書を持って、ヤクザみたいな態度で、残高不足の分を自宅に集金しに来た。

「本当に私が使ったなら、支払うのは当然だけど、その前に使用明細書を提示してください」

同じ言葉で何度も話をしたが、相変わらず使用明細書を提示せず、しつこく自宅に取り立てに来た。

「支払わない場合、ＡＥＯＮクレジットカードが更に貴女に対し、損害賠償を請求するうえに、すべての訴訟費用は貴女が負担する」

強引な態度には納得しなかったが、長男のことで頭がいっぱいだったので、取り立てに負けてしまい、残高不足の分を支払った。

## 6

それから二年が経ち、信介と再び精算しなくてはいけない時に、沖縄銀行の決済口座の出金は、結局クレジット会社に引き落とされたものだけだった。信介の問題ではないことが判明したので、家の近くの交番に相談した結果、那覇署の捜査二課に行ってくださいと言われ、電話で時間の約束を取ったのに、事情を聞いてもらえず、若い刑事に完全に門前払いされた。

そのため、那覇簡易裁判所に直行し、民事事件として、ＡＥＯＮクレジットカード会社に対し、不当利得返還請求を起こした。

実は、残高不足の分を取り立てされる前から、那覇支店に電話をし、カード使用明細書を下さいと何回も請求したが引き伸ばされ、家庭裁判所の調停が終わった時点で、まだ提示してくれなかった。那覇署に相談する予定だったが、那覇署に行く前に、一足早く誰かがすでに私の相談を無視しろと指示したのだろうか、被害状況さえ聞いてくれない。仕方がなく、簡易裁判を通して、取り立てされた金額に関する明細書を提示できない場合、不当利得として返還してくださいという趣旨の訴訟をした。

刑事事件として受付けてくれない若い刑事は卑劣な奴だ。

「クレジット会社は、何か公表できない事実があって、意図的に私のカード使用明細を隠した。だから、この件は、これで終わる訳にはいかない」

その刑事にこう告げ、民事裁判のつもりで那覇簡裁に向かったが、刑事が裁判所についてきた。最初は知らなかったが、相談してくれた書記官は、何故か頻繁に私の後ろの方向を見つめていた。振り返ってみると、あの若い刑事が私の後ろから、その書記官に一生懸命に何かのジェスチャーを送っていた。

「相手にしないでください！」

刑事告訴も民事裁判もさせてくれないこの不誠実な刑事は、利害関係者から大金をもらったのではないだろうか。警察は刑事事件を担当し、捜査や犯罪の検挙をしない場合、民事訴訟のことを黙っていればいいのに、裁判所まで尾行してきて、民事事件を干渉するのも、沖縄県警のやり方なのかと思った。

実は、アメリカから戻った当初、ＡＥＯＮクレジットカード会社とやり取りをした時に、複数の他社クレジット会社にも問い合わせしてみたが、カードの使用明細書を、カードの使用者に提示するのは当然なことだという回答を頂いた。

この十二年間、取返しのつかない経済的な損失及び精神的、肉体的なダメージを受けた。犯人の動機や仕掛けたトリックを探るため、この本を執筆する前にエクセルの表で、すべての出来事と政治家の役職の担当年代表等で大きなチェックシートを作り、いろんな角度から分析してみた。その結果、簡単に犯人を見つけた！

犯人が一人だけでは、こんなに大掛かりな弾圧活動ができる訳はないが、真相は明らかになった。やはり政治家が関わっていた。

これらの大物政治家には、それぞれに目的があり、利用し合っていた。彼らのルーツや出身大学はここで公表できないが、幾つかのキーワードがあり、共通点がある。

そして、彼らの特殊な地位と人脈を利用し、裏では警察と検察官、最終的に裁判所をうまく操って、民主党政権の時代に集大成となり、犯人の罪を全てクリスチャンになった長男に十字架を背負わせ、自分達の身代わりの罪人に仕立てた。

長男に自殺という形を取らせて死なせたことによって、彼ら強権者や警察の利害関係者の罪を消し去り、罪のない長男は、いわば処刑されてしまったのだ。

犯人のトリックに関するヒントをはっきり言えば、弾圧グループの全貌及び彼らの動機が見えてくるが、残念ながら、日本はまだ法治国家の国ではなさそうだ。長男を上手に殺した犯人グループのことを暴かすと、私は再び酷い目に遭う。

東京にきた時から、犯人が沖縄県警だと思っていた。彼らは更にかつての本部長を頼り、警察庁の命令のもと首都圏での活動を容易にできるようにしていた。

私達親子三人が東京に移住すると、息子達が韓国系のクリスチャンばかりに囲まれたことに疑問を抱いた。

二男は、私立大学に合格したものの、国立大学はすべってしまった。高田馬場で勤務した経験もあり、そこで偶然知った進学塾に行かせ、国立大学の医学部か薬学部を目指して頑張っていた頃、しょっちゅう新大久保のキリスト教会に連れて行かれた。

「そんなに真面目に勉強しなくていいよ」

我ら母子三人の経済事情が前代未聞のピンチに面している時に、一生懸命に勉強しないと、韓国人クリスチャンのとんでもない教えに影響されると困るから、初めて二男に説教した。

長男は、都内の下町にある韓国人教会に入会し、洗礼されたが、引きこもりだった長男のことを韓国人のクリスチャンが可愛がってくれたことに感謝している。いくつかの疑問を抱いたが、この原因もあり、述べないことにする。

考えてみれば、AEONクレジットカード会社は、時間が掛かっても、提示しなかったカードの使用明細書を私に提示すればいいのに、簡易裁判所での少額提訴なのに、十人ほどの弁護士の名を準備書面に載せていた。但し、裁判所に来ていたのは女性弁護士一人だけだった。

私がアメリカにいる証明とパスポートを裁判所に明示した原因もあったか、彼らは私が長男の様子を見に来ていた期間に南風原町で買い物をした項目を二つだけ、私の署名したものを原本ではなく、コピーの形で裁判所に提示した。

他の百万円近くの使用明細の項目を一向に提出しないまま、私は裁判に負けてしまった。

要は、私がロバートと再婚する際、同時に永住権を申請するため、東京のアメリカ大使館に行った。その後、息子達に会うために沖縄に二日間滞在をして、その時にクレジットカードの決済口座に八十万円を入金し、日本に戻る時に使えるお金として貯えておいた。

ロバートと再婚する前に、妹の家族カードを使い、結婚した後はずっとロバートの家族カードを使っていたので、AEONクレジットカードのことをすっかり忘れていたが、まさか残高不足まですべての貯金が引き落とされたなんて、想像してもいなかった。

「離婚したことで、日本での住所がなくなったが、決済口座にお金が入っているし、使う予定もないから大丈夫でしょう。アメリカの住所が分かったら連絡します」

当時の担当者田中氏に、私の予定を知らせた。

家族でなくなったその二、三年の間、私の決済口座が残高不足という事実を他人になった信介からの連絡で知った。カードを使用する「本人」に残高不足になるまでのすべての使用明細を提示しないと、「使用代金を支払え」と言えないのが常識だし、ましてやカードの盗難保険にも入っているので、ＡＥＯＮクレジットカード会社の職員は、事実確認や調査もせずに、私からお金をどんどん引き落としている。

## 7

「裁判官に、新たな証拠を提出しようと思ったが断られた」

中国大陸で工場を経営している大学の先輩、親友でもある江さんに電話をし、この理不尽な出来事を知らせた。

「従兄は大手新聞社の編集長でしょう。この件を新聞紙に載せよう」

江さんの従兄はすでに退職していたので、台湾の新聞に載せることはなかったが、私達の会話が傍受され、録音された可能性が非常に大きい。被害者になった私のことを、誰か助けてほしいのと、裁判官の不当な行為に世論で批判しようという目的で言ってしまったが、この小説を書いている現在は、世間が共謀罪の立法について騒いでいる。この新しい法律が成立すれば、私は「共謀罪」で連行され、収監されるのだろうか、不安を覚えた。

さて、ＡＥＯＮクレジットカードとの裁判が始まる前は、信介及び彼の家族は、私達が那覇家裁で調停した結果を実行するために協力的になっていたので、とても問題が起きるとは思わなかったが、東京に来た突端に異変が起きた。

不当解雇が頻繁に行われ、私を解雇する会社は、逆に大きな利益を得ているようだった。不当解雇の紛争を裁判に回すと、息子達まで被害者になった。おまけに信介とのこの最後の裁判は、皮肉にもＡＥＯＮクレジットカードに対して起こした裁判と同じく「不当利得返還請求」と名付けられた。

鈍感な私は、入谷駅付近にある株式会社ラントロに、正社員として採用され、短い期間ですぐに不当解雇された時、仁義旅行社と国際特許事務所のことを忘れ、ここが初めての解雇だと思い込んだ。

本社はシンガポールにある外資系のＩＴ企業だが、すべてのビジネスは本社の指示を受け、オフィスビルのインターネット通信のケーブル埋設工事を行い、営業も広告も一切やる必要がない会社だ。

私は英文事務と英文経理の担当になる。マネージャーを含め、社員は殆どシンガポールから直接赴任している。その意味で私の仕事は、中国語も使うことになっている。

社員はみんな朝が弱いのか、私はいつも一番先に出勤する。言われた通りに、事務所に入る前にポストの郵便物の取り忘れがないかをチェックすること。宅配便をよく利用するので、不在通知も常に把握したいという目的があったが、意外にも〝下地〟という沖縄の苗字の名刺がポストに投函されていた。

まだ出勤二日目のことだった。

沖縄から遠く離れた都市に来ているのに、どこに行っても、偶然に沖縄の人ばかり私の職場に現れ、その次は警察がこの近辺をウロウロして、パトロールする。それから、突然不当解雇されるというパターンが続いた。この異常な現象が、私の身に次から次へと発生した。

台東区にある勤務先は、オフィスビルの一階にある。公園に面していて、閑静な住宅街に所在しているが、パトカーが一日中私の目の前をグルグルと回っていた。また、毎日のように営業マンに扮して、優秀な感じのビジネスマンの人達が邪魔をしにきた。

政治家か公務員としか思えない人物が、毎日しつこく会社にきて、何かを売り込もうとするセールスマンの恰好をしていた。旅行会社の営業だったりして、最終的に私が台湾で勤務していた「三洋電機」の名札を付けている数人のグループが来たのは、この会社を解雇された当日だった。

「御社は、派遣会社を使いませんか」

多人数で、飛び込みの営業手法を使う派遣会社は、たぶん世の中に存在しないだろう。その三洋電機という派遣会社の営業マン達は、あくまでも私を弾圧するグループだろう。

「貴女は首だよ」というお告げをしに来た。

解雇される数日前から、尋常ではない問い合わせやマネージャーと何かの取引をするかのような商談が、数回か行われた。

「本社はどこですか」と彼らに聞かれ、大概この言葉は最後の締めくくりとなった。

突然不当解雇された日に、滅多に事務所に来ない現場の日本人技術者が、この日に限りマネージャーの代わりに駆けつけて、説明しにきてくれた。

営業マンに扮したグループのリーダー格と思われる人間が「本社はどこですか」と聞いた後、実際にシンガポールまで行って、私の解雇の相談をしに行ったそうだ。

「貴女は、シンガポール本社の人事命令で、解雇になったと聞いている」

祖先が中国からシンガポールに移住したという三十歳代の若いマネージャーは、私のことを大事にしてくれて、よくランチをご馳走してくれたが、その日はまったく姿を見せなかった。

「大浜さんが入社してから、事務所がすごく綺麗になって、書類の整理整頓もきっちりとやってくれたのに」

退勤する時間の前に、退職の手続きをするため、駆け足で来ていた女性の行政書士の方は、残念な顔をしながら、私のことを褒めてくれた。

# 8

このようにして、私という平凡な女は、自分では目立たない人間だと思っていたが、東京に引っ越してからすぐに警察につきまとわれ、職場まで「世話」されたことを考えれば、主犯格はあくまで沖縄サイドから来たに違いないと思った。更に、彼らが首都圏で活動しやすくするため、大物政治家も当然関わっているに決まっている。私への弾圧活動は、その後、不当裁判と交えながら、被害はどんどん拡大されていった。

長男にとって、両親の離婚により母親がアメリカへ行ってしまった心理的な要素もあり、不登校になった。ようやく大学に進学できたので、経済的な負担を掛けさせずに大学生活を楽しみつつ、社会復帰を目指すという趣旨で成立した婚姻費用の分担調停は、それなりの役目を持っている。しかし、家庭裁判所の判断を越えた不明な弾圧グループは、強引に私の就職や子育て支援とすべての計画に干渉し、破壊する活動が密かに行われていた。

上京した一年目は、シンガポール外資系の仕事に就いたものの三回目の不当解雇となった。そのため、まだ病気治療中の長男に対し、信介は「働け！」と言う。債務名義の最初の月から養育費を全額支払わない。私が不条理な解雇に遭っている姿をみて、長男は私の苦労を感じ取ったのか、黙って北千住の家を出て、寮付きの新聞配達員として働くようになった。

仕事を失ってしまったのに、高い家賃を支払わなければならないことに困った。偶然に中国語のフリーペーパーが手に入り、目を通すと、沖縄では考えられないほど安い中古マンションの売買物件が埼玉県にあった。

不動産屋に案内してもらったら、物件の近くに大きな公園があったので、とても気に入り、長男の名義で購入することにした。長男の将来はいったいどうなるのか、まだ読めないことが多く、私が元気で働ける間は何とかできるけど、退職する年齢になって長男がまだ一人前にならない場合、せめて住む家ぐらい確保しておかないと、長男が野宿でもするのではないかと想像すると、心配でどうしようもなかった。

沖縄という経済事情が厳しい土地では、私は、何回も白地開拓の実績を上げたことがある。土地を購入して家を建て、そして、三十八歳という若さで、一人の力で留学センターを立ち上げたことだった。

当時、中国からの留学生はまだ僅かの人数しかいないし、日本人もまだ中国で大きな事業をするノウハウを持っていない時代だった。インターネットは普及していないので、たとえ中国語能力があっても、中国の大学を検索する手段がない。ましてや中国大陸と台湾の漢字が違うので、同じ中国語でも入学案内や願書を読めないと何もできない。更に交通手段、寮の設備及び外国人留学生を受け入れる態勢が整えてあるかどうかの総合的な評価もできないと、留学のカウンセリングはできない。

パイオニア精神のパワーを持っている私は、異国で虐められながらも、いろいろとやって来たので、そんな簡単に逆境に屈しない。

家賃の負担がなくなったら、後は何とか食べる分を確保すれば、死ぬことはまずないと思い、どんな仕事でも頑張る覚悟だった。

都内への通勤もいいが、歳を取るにつれ、限界が来る日がやって来るだろうと知り、六十歳まで働けるような仕事があれば、家に近い職場を探した方が断然にいいと思う。

9

たまたま自転車で行ける場所に、英語と中国語を話せるオープニングスタッフが募集され、外国人の留学生を管理及び世話する仕事があった。

県内で分譲マンションを主な事業とする株式会社岩手建設は、私の本当のボスだった。利殖事業を計画し、外国人向けのゲストハウスを新規事業として立ち上げた。国土交通省から何かの援助を得ているそうだが、新規事業なので雇用契約を交わさないと言われた。でも、うまく事業が拡大すれば、ゲストハウスは私に統括させると約束をしてくれた。

留学コンサルタントの経験を持つ私は、外国語能力を発揮する場所になるし、特に職場が近いというメリットもあり、有り難く思っていた。

新規事業部の上司・丹羽は、まだ三十代後半のチャラ男だ。サーフィンに夢中になっているスポーツ系の男子なら、心が広いと思いきや、私から何かのアドバイスをすると、逆ギレし、暴言を吐くような男だった。

「分かりました。もう口にチャックしますから」

他人の意見を受け入れる態勢を持たない丹羽に、このような返事をしたが、忘れた頃にまた何かの意見を求めてくる。

「ゲストハウスのロケーションは駅に遠いし、近所に日本語学校も大学もないので、外国人の留学生は来ないと思います」

入居者の募集対象とゲストハウスの所在地は適宜な接点がないと、折角留学生に相応しい設備を整えていても、今みたいに新規オープンして、すでに二カ月経ったのに、入居者が二人しかいない。企画上不合理な考え方があった上に、都内でゲストハウスを営む業者に募集の業務を依頼していたことも、入居者が入らない大きな原因だった。業者は、誰でも自分のゲストハウスに入居者を優先に入れたい。入居してくれないお客様だけを、他の業者のゲストハウスに紹介する仕組みになっている。このことに問題があると指摘したが、丹羽は自分の権利欲を示したいのか、正しい知識を持っていないのに、無理なことを実行しようとする。

「お前黙れ！」と言われた。

新規事業でこのようなスタッフがいて、本当にうまく行くのだろうか。やがてゲストハウスが閉鎖するのではないかと心配し、社長に辞表を提出した。

結局、丹羽は社長に怒られ、強く注意されて、真面目に頑張るようになったので、辞めることを考え直し、白地開拓の精神力を再び発揮しようと思った。

それから、私の意見が大いに採用され、「自社募集」という方針に切り替え、日本人も入居できる国際交流の場所にした。

三カ国語の広告文やホームページの作成等に追われ、営業活動のために、名刺の肩書もゲストハウスのマネージャーになった。

時給は千円から千二百円、そして千五百円というふうに上がったが、パートという雇用形態はそのままだった。パートだけど、仕事の内容が増え、宣伝企画の重い責任も任された。営業職ではないが、二十四時間待機し、土日祝祭日関係なく、クレームや緊急事態に備え、会社から支給された携帯電話で三カ国語を操り、営業案内や問合せ等に、随時応対しなくてはならない。

私の努力で、最短の期間で満室にさせた。更に常に空き室が出ないように部屋を稼動したいので、仕事に集中し過ぎてしまい、体調の乱れが現れるようになった。生理が一カ月に三回もあって、貧血気味になったりして、その後、全然生理がなかったとの繰り返しで、閉経となった。

## 10

自社募集の効果が出始めた頃、ある日、K署からテロリストに関することでお伺いしたいという電話があり、上司の丹羽に伝えた。

翌日、K署の金井克之巡査部長と小川敦巡査が、名刺を持って来社した。外国人の入居者が多いから、私には関係ないだろうと思い、たいした話ではないので、接待は主に丹羽に任せた。

その数日後、足立ナンバーの大型バイクに乗ってきた男性が賃貸借契約の手続きをし、三〇一号室に入居した。

「自衛官です。スポーツが好きで、フィットネスのマシンを一つ持ってきてもいいですか」

上司の丹羽から許可をもらったが、もう一つ妙な質問をされた。

「会社の本社は、どこですか」

フラッシュバックのように、前職である入谷の外資系企業に勤めていた頃のことが甦った。私を解雇する前奏曲としては、必ず誰かが私の勤め先の「本社」を探すことだったからだ。

「自衛隊の人が入居したら、私がまた不当解雇されるのではないか。いったい私は、政治犯にされたのか、国を転覆するような凶悪犯にでもされたのではないか」

私は、無表情のままこの質問を続けた自衛隊員と称する若い男性を見つめて、次の境遇を想像してみた。

丹羽が警察の話を聞いた後に、自衛官からもきっと何か恐ろしい情報を得たに違いない。それでゲストハウスにやってきた。

「おーい、大浜」

出勤した直後、いつもの通りに管理室でパソコンをいじっていたところ、丹羽と韓国系中国人の新入社員朴が突然訪れた。

パソコン作業が一段落ち着いたら、狭い管理室を出て、顔を出すつもりだった。

「早くしろ！　何やってるんだ」

このような乱暴な言葉遣いで、次のパワーハラスメントのアクションも予想がつく。

「掃除婦が辞めたのは貴女の責任だから、今日からは掃除婦代行だ」

「ちょっと、どういう意味ですか。私はマネージャーでしょう」

「拒否するなら、すぐ出て行け！」

入谷の不当解雇に引き続き、この職場で反発しても無理だと分かっている。警察と自衛官が訪れる前に、実は、沖縄の女性二人が入居したことを覚えている。例え私が何の落ち度もないとしても、反抗することは、完全に無意味なことになる。

「労働法では、有責者に対し、出て行けと言いたくても、まず一カ月分の解雇予告手当を支払わなければならないでしょう」

「そうですね。仕事を探すのに一カ月ぐらい掛かりますからね。それは支払いますよ。それと、残りの有給休暇も取ってください」

丹羽は、やっと普段の様子に戻った。しかし、それは単なる偽りの約束だったと、後になって分かった。彼は、上手に私を職場から追い出した後、頻繁に私の自宅のポストに、「ゲストハウスのカギを返せ！」というメモを入れた。

ちょうど一年間に、私は四回の不当解雇に見舞われたので、完全にダウンしてしまい、力が抜けてしまった。というか、もう死んでしまった感じだったので、一日中近所の温泉浴場にいた。丹羽が自宅に来ても会えないのは当然だろう。理不尽なことに慣れてしまい、解雇されても、予告手当をもらって、また次の仕事を探せばいいという気持ちで、何の文句も言う気力さえなくなってしまった。

争うのは疲れるから、ゲストハウスのカギを返しに行った。指示された通りにカギを管理室のボックスに入れたが、裁判になった時に初めて知った事実だが、丹羽は一方的に私からカギを取り上げ、順調に追い出したのに、カギは自主返納というふうに主張し、内容証明で「解雇通知書」を作成して、私の自宅に送ってきた。

更に、不当解雇されたにもかかわらず「無断欠勤」扱いにし、会社は解雇予告手当を支払わないのが妥当だと主張した。

丹羽は、労働法の規定に従うと約束してくれたので、送られてきた解雇通知書は、当初、雇用保険に加入している人にとって、退職の理由が会社の都合なのか、自己の都合なのか、証明するための必要な書類の一つだと思い、特に会社に電話し、異議を申し立てなかった。

結局裁判所は、このような卑劣な業者を裁くことなく、「懲戒免職」の事実まで認めてしまった。

新規事業の危機を私の努力で乗り越え、ゲストハウスを満室にさせた途端に、上司は巧妙的且つ暴力的に私を追い出し、解雇予告手当を支払わない上に、有給休暇さえ消化させてくれなかった。

私を不当解雇したこの不明な弾圧グループは、更に悪質な犯行に及んだ。管轄の労働監督署と労働局に相談しても意味がなくなった仕掛けとなった。

「裁判で解決しなさい」と言われた。

裁判を進行させると、民事訴訟の担当裁判官を説得する目的か、私を悪女にするだけでなく、息子達をも犯罪者に仕立て上げ、私達母子三人に対し、一人ずつ冤罪をでっち上げていった。

一審が終結する前に、長男から電話があった。

「遊びに行っていい?」

羽村市の工場で働いているはずだが、きっと力仕事に耐えられなかったから、辞めようとしているのではないかと思った。

「いいよ。一緒にランチを食べよう」

この返事の後、まもなく池袋署から連絡があった。

「お母さん、署に来てくれませんか」

「どうしてですか」

「ご長男が器物損壊という罪で逮捕されました」

「えっ？　どこで？」

「池袋駅構内です」

「先程まで一緒に食事すると話したばかりなのに……」

アパートの隣人の窓ガラスを割ったとのことだった。長男が本当にそんなことをしたのか。しかも、複数の線路が混じり合っている駅構内は大勢の利用者が移動しているので、逃げる犯人を捕まえるのはかなり難しいと思え、大きな疑問点と矛盾が残っている。

憲一が住んでいた池袋のアパートは、私がよく掃除しに行った。アパートから駅に向かう途中、最初の大きな交差点で首都高速をくぐって、六つ又交番を通過しなくてはならない。そこの交番の警官に気づかれないようにして、大都会の街を逃げ回ることができるのか。

交番までの距離は約四百メートルあって、更に密集市街地で多くの通行人と行き交い、逃げ回り続け、事件現場から一キロも先の池袋駅構内で身柄を確保されるのがおかしい。

長男が捕まった日は、不当解雇のショックで、気分がすぐれず、ほぼ立ち上がらない状態だった。その日の朝、板橋の心療内科に電話をし、カウンセリングを受けたい旨を伝えてから向かったが、駅を降りると、パトカーが病院の近くまでついてきた。

「予約しないと、カウンセリングは受けられません」

「だから、そのために今朝電話したじゃない」

そう話しても、受付の女性は理由を言わずに断り、なぜか池袋署の近くにある榎本病院を紹介した。

池袋署に着いた時に、担当の刑事がまだ取り調べ中だと言い、長男には会えなかった。

「今日の件は、もう大丈夫だよ」

やがて取り調べを終え、刑事が出てきた。

「本当に大丈夫ですか」

「軽犯罪だし、本人が病気だと言っているので、送検はしないことにする」

「ありがとうございます」

長男にも刑事に頭を深く下げさせ、お礼をさせた。

数日後、志保と名乗る池袋署の人物から電話が掛かってきた。

「ガラスの修理代金を準備してください」

「もちろん準備しますけど、志保さんに渡せばいいですか」

刑事事件と無縁な私は、警察とのやり取りに慣れていないから、どうしたらいいのか、良く分からなかった。

「暫く持っててください。後日、ご連絡します」

私は、ゲストハウスを去った後、失業保険をもらいながら都立専門学校で貿易事務を勉強していた。午後四時頃に授業が終わるので、毎日のように志保さんに電話をした。

「まだ状況が分からないから、お金だけは準備しておいて」

その後、池袋署に電話し、担当刑事の志保さんをお願いしますと頼むと、「ちょっと待ってて」とか、「息子さん本人でないと志保さんに連絡できない」とかの理由で、巧妙に受け流され、とうとう志保さんに連絡が取れなくなった。

訳が分からなくなり、池袋署に直接事情を聞きに行ったが、一人の私服の刑事が急に飛んできて、制服の警官を署内に押し込み、警棒を奪い、警察署の外で私が署に進入するのを阻止した。

「今日の件は、もう大丈夫だよ」と最初の刑事に言われたこの言葉とはまったく正反対に、器物損壊の事実があったかどうかも分からないこの事件は、公判手続を経ることなく、非公開の場で罰金刑を簡易裁判所の裁判官に下した略式命令であると長男に聞かされた。長男が本件の略式命令を「特別送達」ではなく、「手渡し」の形でされたという。

罰金刑の判決文を読んだ後、体調が崩れそうになり、かなりの日数が経って、やっとなんとか事件現場に向かい、事情聴取をすることができた。

　思い出せば、不当解雇の裁判に証言を求めるため、ゲストハウスで知り合った外国人の住民達に手紙を書き、訳があり、長男の池袋の住所に証言を送ってくださいと依頼したことがある。もしかすると、丹羽が警察に何かを伝えたのではないかと一瞬思った。

　被害届を出した相手方の青田氏は大家さんで、賃借人も留守だった。幸いそのすぐ隣に住む年配の女性がいたので、貴重な証言を得たが、驚くような内容だった。

「青田さんの兄弟は警察だよ。被害届を出してくださいと言われたそうだ。息子さんが可愛そうだね。病気だと聞いたけど」

　平成十八年（い）第三三六五四号　（略式命令）
　東京簡易裁判所
　裁判官　村辻　優
　検察官　鈴木　淳史
　被告人　大浜憲一
　事件現場　東京都豊島区上池袋二の十七の〇〇
　罪　名　相手方の所有物件にて一枚のガラスを割った
　逮　捕　現行犯逮捕ではなく、池袋駅構内から連行された

判決文　特別送達ではなく、本人に手渡しした

主文

被告人を罰金五十万円に処する。この罰金を完納することができない時は、被告人を労役場に留置する。

刑法上では、器物損壊は、最高の罰金は三十万円としている。五十万円の罰金刑を処したこの略式命令は、正に日本裁判史上最大級の暴走事件となり、司法機構の威信がこれで崩れてしまった。

この事件は、偶然にも検察側の罰金担当係の経理は片桐という人で、私の専門学校の講師にも片桐という人がいて、警察関係の親族がいるとも聞いた。更に長男が亡くなった時に関わった人物も片桐だった。

ゲストハウスとの裁判は、長男が略式命令を受けた後、解雇予告手当を支払わなくて良いという判決が言い渡された。

株式会社岩手建設からは、一度も渡されたことのない会社規則の中に書いてある「従業員が精神病患者であることを知った時点で、解雇できる」との条文を、判決文に引用された。

会社の営業成績に貢献した私は、「懲戒解雇」とされ、精神病だという勝手な判断で、就

業規則の解雇する基準に該当したので、私は株式会社岩手建設から即解雇できるという判決を言い渡された。不服のため、当然控訴した。

「控訴しますか」

電話は非通知着信で、なんとなく聞いたことのあるような声だった。

「はい」

「やめた方がいいです。あの女がまた来たよって、裁判所の職員に言われますよ」

――正義との戦いなのだ――と心の中で大きな決心をした。解雇する側に金銭的な請求することより、労働法はどうしてくれるのかと、問い掛けたかった。

弁護士に依頼することにしたので、埼玉県弁護士会館の名簿から、家に近い法律事務所の順で十数カ所に問い合わせしてみたが、どの弁護士にも拒否された。

「僕は年寄りだから、訴訟を受けたら倒れるよ」

こんなおかしなことを言う弁護士もいた。

タウンページに頼って、大宮に良さそうな法律事務所を見つけ、電話したら面会の時間を設けてくれるという。受付けたのは村田という弁護士だった。

所長が迎えてくれ、その傍についている人物を紹介してくれた。

「村田弁護士です」

不当解雇の経緯などを説明した後、村田弁護士から二、三質問された後、予想外の内容だったせいか、聞いていた法律事務所の所長が突然仕切りのある別室の方向に向かって、大きな声で誰かを呼んだ。

「おい～村田ぁ！」

本物の村田は別室にいて、偽者の村田弁護士という人物が恥ずかしそうに、頭を下げた。

結局、本人訴訟になったことは、言うまでもない。

## 11

控訴審期日の二日前の夜、二男は自分のお金で買った自転車にカギを入れた瞬間に、突然見知らぬ人物に呼び止められた。

「交番の警察官だ」

「えっ？」

「これは盗難車じゃないの」

「いいえ、これは自分の自転車です」

「自転車に貼ってる防犯登録の番号を見たかい」

二男は、まだ社会経験のない純粋な国立大学の学生だったので、何も考えずに警察に言われた通りに、自転車に指をさして、写真を撮られた。

「警察署に来てください。だけどこの自転車はどうやって運ぼうか」

　刑事達（小山と大西という名前だったそうだ）が証拠となる自転車の運び方に困っていた様子だった。二男はじっと彼らの行動を見ていたという。

　弾圧グループは、二男が乗っていた自転車と同型同色の自転車を用意し、隙を狙って、ロックを取り外し、用意された自転車のロックに擦り換えたと思われる。

　二男が購入した自転車の領収書や防犯登録のデータは、全部家で保管しているので、他人の同型同色の自転車を盗む必要がないことに決まっている。

　仕事の帰り、二男から電話が掛かってきて、途中から警官に変わった。

「お母さん、お子さんは今警察署にいます」

「どうしたんですか」

「自転車を盗んだ容疑です」

「ふざけないでください。この子はそんなことはしません」

「あの〜お母さん、与野駅にきてくれれば、パトカーで迎えに行きますよ。お母さんが来ないと、息子さんは寮に帰れませんよ」

　言われた通りに与野駅に行ってみると、パトカーがすぐに現れ、浦西署に連れて行かれた。

　夜の時間なのに、署内一階のデスクの前に、大勢の警察官がみんな例外なく、パソコンに向かって何かをしていた。

「先に言っておくけど、数カ月前に二男のお兄ちゃんが池袋署に連行され、重い罰金刑にされたからね。警察はそれ以上変なことをしないでください」

小山と大西の両刑事が純粋な顔しているので、なんとなく自然に警戒心が緩んだ。

「僕のことを信じてください。長男さんみたいに検挙しませんから」

再び若い刑事の顔を見たが、憎めない表情で私とやり取りをしているので、疑うことができなくなった。

「では、お母さんはここに署名してください」

たくさん小さい印鑑がすでに押されている紙に署名を求められたが、刑事が私に優しい言葉で説明するので、言われた通りに紙に署名した。

「これで息子さんは寮に帰れます」

刑事はこう言って、別の私服警官に命じて、パトカーではなく、普通の乗用車で私を再び与野駅まで送った。

しかし、その週末二男が家に戻った時に、警察署での話を聞いてみると、私が警察から聞いていたことと、まったく違うことをやられていた。

「お母さんが帰った後、僕はいわゆる犯行現場に連れて行かれて、たくさん写真を撮られた。それから、また署に戻って、顔写真も撮られたよ」

私達親子三人が警察署という見世物小屋で踊らせられたわけだ。

「明日は一緒に近くの警察署へ被害届を出そう。だって、英司の自転車も盗まれたじゃない」

このようにして、浦西署にも事件番号が残り、K署にも盗難届を提出し、受付してもらった。

二男の件は、平成十九年七月三日に、埼玉県警公安委員会の早坂氏が苦情申出書を受付けてくれた。

英司の自転車は、大学を卒業して働き始めの頃、赤羽で発見され、私はハガキを持って、K署に自転車のカギを擦り換えた犯人を捜してほしいと相談した。

「事件現場は浦西署だから、そちらに行ってください」

私は、タクシーで浦西署に向った。

「この件は、公安委員会に苦情を提出したのね。いやいや、こちらは何もしてあげられないよ」

その正体不明な弾圧グループは、私を苦しめ続けた。

不当解雇の控訴審期日の前日に、私は内科で胃カメラを飲まなければならないほど、激しい胃の痛みに見舞われた。検査の結果は、胃には異常が見つからない。

「産婦人科に行ってみた方がいいかもしれない」と言われた。

検査の結果で驚いたのは、セックスの相手もいないのに、「急性骨盤腹膜炎」と言う性感染症の一種を罹っていた。

「まさか生物テロじゃないか」しょっちゅう不法侵入された自宅マンションのことを思い出すと、ゾッとする。

その同時に、故郷の弟が変な感染症に罹った。台湾の弟は、裁判所で裁判官の補佐として勤めていることを、那覇の裁判所の書記官に言ったことがある。

「こんな判例を作ったら、台湾の裁判官に見せると笑われるぜ！　向こうの裁判官が一番怖がっているのは、冤罪だよ、冤罪」

弟の仕事は、書類ばかりに囲まれている環境にいるのに、家禽を殺す職の人しか罹らない菌に感染され、内臓が破裂するぐらい危険な状況に陥り、入院しているのを聞いている。

期日の日に、産婦人科に点滴をしに行くので、出廷しない旨を担当書記官に伝えた。弁護士がなんとか問題解決をしてくれないかと期待し、点滴が終り、裁判所の近くにある法律事務所の女性弁護士に依頼しようと思ったが、事務所に着くと、怪しい女性二、三人が弁護士の近くでウロウロしているのを見かけた。結局拒否された。

「貴女は、裁判に勝てないようになっている」

電話の時に、親切に接してくれた弁護士の態度が変わった。

――何で勝てないいんだよ――と内心で叫びながら、その事務所を去った。

不当解雇の裁判が、まださいたま地裁で進行中なので、地方裁判所の方へ書記官に会いに行った。

「秘密の相談があるので、会議室とかを使えないでしょうか」

書記官にいろんな怪奇事件を伝えたかったので、頼んでみた。

「法廷に声を掛けてから戻って来ますね。ここで暫く待っていてください」

書記官に何を訴えたのか、まったく記憶に残っていないが、会議室を出ると、外側の長い廊下に、すでに体格のガッチリとした警察らしきグループが、多くの人数で私を待ち構えているようだった。彼らは、じっと私のことを見つめていた。

何故、警察達が民事裁判の場に来ているのだろうか。不思議に思ったが、那覇での第三債務者に対する訴訟もそうだった。書記官は女性の山田氏だったのに、最終口頭弁論の日に、刑事らしき目つきの男性は書記官の坐る場所にいて、ずっと私を睨み付け、裁判が終わると、いきなり澤井裁判官のところに飛びつき、「彼女は三つの不動産も持っていますよ」と訴えた。

## 12

不当解雇の控訴審が始まった頃、専門学校の勉強が修了し、貿易関係の仕事に就く予定だったが、英語講師の募集があり、興味があったので、そこに就職することになった。

大宮に本校を持つ英語学校エリートという会社だった。小学生と中学生に、英語のネイティブスピーカーが教えるのがメインで、日本人の先生がサポートする形で英語のレッスンが行われている。

中学生の部の主任が退職する予定で、私がその候補になり、外国人講師の管理を含め、英語講師として採用された。

「妻も沖縄の人ですよ」

専務が親切に応対してくれた。

英語の授業より、主任としての仕事はすべての分校を知ることなので、最初の段階では、埼玉県内の分校を見て回るのが日課だった。

少し慣れた頃、英語授業のサポートを始まったところに、金城という沖縄出身の営業担当が突然本校に現れ、別に怪しい行動があったわけではないが、退職する予定の主任が、ある日、私に変な要求をしてきた。

「大浜先生は、一人でレッスンを行ってください。ネイティブの講師がつかない形で、貴女は外国人講師として教えること」

アメリカの大学に毎日通っていた時期もあり、元ジオス英会話の英語講師でもあったので、ジオスの教室の方針もネイティブと同じレベルで教えることだったので、それは難しい問題ではないと思った。指示された通りに、レッスンを始めた。少し時間が経ってから、主任が教室に現れ、いきなり私にダメ出しをした。

「誰かからもらった賞味期限の切れた食べ物に、文句を言うのはよくない」

沖縄から遠く離れた埼玉で、何故昔姑に対して言った不満が、この英語学校に伝わっているのか。

姑は自分が食べない賞味期限切れの缶詰等を大事な家族、特に孫に食べさせるので、「やめてほしい」と言った。それだけでなく、私が帰宅するのが遅かったので、姑のところに子供達を預けたことがあり、カビの生えた食パンにバターを塗って、息子達に食べさせようとしていたのを目撃したので、とてもびっくりした。

「もらった食べ物は、嫌と思っても、もらった後に捨てればいい」主任が生徒の前で、私の文句を言い続けた。

——要らないものを捨てる暇ない。それほど言うなら、腐ったものを自分が食べればいい——と心の中でブツブツを言った。

この主任は、突然英語学校にきていた金城という営業の人から話を聞いたのではないかと思った。そもそも営業の人がいるとは思えない英語スクールに、こんな非常識な人が来て、噂をばら撒く目的は何だろうと、すごく大きな疑問が残る。また、生徒の前に、私と姑との間の確執を暴く意図が分からない。

その翌日、本校に一度も来たことのない社長が現れた。

「通帳に入金されたか」専務に向かって、こんな質問をした。

「はい、確認しました。入っています」

その話を聞いた後、社長は私に顔を向けた。

「大浜先生、もう家に帰っていいですよ。今日の日付で解雇になります」

「えっ？　どうして」

専務の目が赤くなったが、私に軽く会釈をした。

「貴女の日本語が訛っているから」

「私は英語の講師でしょう」

「それでも駄目だ」

どんな運命になっているのだろうか。沖縄の人とは、かなり悪い縁を結んでしまったな。

社長は、会社の通帳に何かの裏金が入金されたから、私を解雇することに決めたのだろう。

「分かりました」

毅然として、その英語学校を去った。

大宮の駅構内に入ると、やる気を完全に失ってしまった。ぼんやりとして、電車がホーム内に入ったところに、チラッと専務の影が見えた。私は知らん顔をした。専務が私のことを惜しがっているのか、謝りに来ているのか、もうどうでもいい！

「明日は、また新しい仕事を探すよ。さようなら！」

専門学校で勉強した貿易関係の知識と外国語を同時に活用すれば、新しい世界が開けるよと、気持ちを切り替えて、墨田区にある株式会社ロマンという会社に勤めることになった。

ホームページを事前に見ていたが、化粧品と健康食品を取り扱っている貿易会社だ。

専門学校を修了した後、前職の英語学校を始め、それ以降の仕事は、必ず誰かが私の悪口を勤務先に運んできて、それから大金で社長を買収し、私を解雇させるパターンになる。

この仕事に就く前に、どのような経緯があったか、覚えていないが、みずほ銀行グループの河合部長とメールフレンドになっていた。不思議と彼は私の勤務場所にすごく興味を持っていて、平日なのに有給休暇を取っていると言い、菊川という最寄り駅までついてきた。

この貿易会社に勤めていた時の大きな出来事は、ニュースにも取り上げられた浦和駅で起きた停電事件だ。それによって、電車が運転見合わせとなり、バスや地下鉄の利用でなんとか新宿に着き、そこから都電に乗り換えた。会社にたどり着いたのは、お昼頃になっていた。

もう一つは、秋葉原の駅ホーム内で突き飛ばされた事件だった。退勤後、万世橋署に被害届を出しに行ったが、ほぼ無人状態の警察署だった。

「貴女の被害届は、紙切れ一枚にすぎないよ」と沖縄出身と思われる年配の刑事に言われた。

この二つの事件の翌日は、必ず四十代の禿げ男が事務所を訪れる。そして、必ず高価なガラス切子を大量に買って行く。特に秋葉原事件の翌日に、社長に渡したお金はどれほど大金か、会社の経理に渡さず、社長が珍しく自ら「銀行に行く」と言った。

その後、社長の態度が豹変し、私に大きな声を出したりして、社長を含む社員全員が頻繁に私の後ろを回るようになり、仕事を監視し、嫌がらせをした。

ハローワークの職員と自称する人も来ていた。

「貴社は、精神障害者を雇っていませんか」と言う。

秋葉原の駅ホーム内で突き飛ばされた事件など陰湿過ぎる迫害は、私の血圧を百六十八まで急上昇させ、狭心症の薬を飲まないと、危険だと医者に言われたほどだった。

数日後、デスクの上に並べていたファイルが全部外され、翌日、パソコンも外された。

その日、社長は誰かにこっそりと電話していた。

「二男さんも連行されたって」

「彼女はやはり精神病だね」

そのような会話の内容が聞こえた。

入社した当初、他の職員から社長に対する文句をたくさん聞いていた。破産宣告をしたことがあり、他人の名義を借りて会社を作った。けれども、賃金不払いは日常茶飯事だった。

噂を聞いていたが、辞めるつもりがない。どうせ今は居場所がないので、三カ月ぐらい給料の受給が遅れても大丈夫だと思った。外国語能力を持っているし、貿易の勉強もしたから、実務経験を積んでいれば、将来自分で起業することも念頭に置いていた。

しかし、大金がこの会社に運ばれてきて、次は、都知事が敬遠していた都民銀行の件があったが、突然都民銀行を支援するなどの動きがあったところに、都民銀行とみずほ銀行から、頻繁にこの会社に電話が掛かってきた。

破産して借金があった社長は、私を解雇することによって、たくさんのメリットが受けられるようになり、機嫌がかなり良くなった。

私を解雇するに備え、事前に三十代の男性が入社した。英語も中国語も堪能な沖縄っぽい人だった。また、私が解雇される直前に、沖縄の酢商品が、初めてこの会社の応接室の棚に並べられていた。

その後、上野と池袋にある貿易会社にも勤めたが、上野駅に電車が到着する直前五十メートルの所で、電車が必ず長時間停止し、私の出勤時間にピッタリとなったら、やっと駅のホームへ発車する。

池袋に勤める前は、電車のトラブルを避けるため、仕事が安定してから通勤生活に戻ろうと考えていた。借りたマンスリーマンションの近くに、東京に来た当初、私に接近したメールフレンドの寺川がいた。彼は、自称入間市に住む小学校の教師だが、住んでいた三宅島が火山噴火時、いち早く島からヘリコプターで救出されたことから推測してみれば、警察か消防署のトップではないかと思った。

だからこそ、このタイミングで、彼は池袋に何かを指揮しに来たのだろうか。その夜、寝ていた時に、ガス臭いということを知りながら、起きられなかった。

朝起きると、天井が激しく回っていて、吐き気が酷かった。もう死ぬかと思い、会社に電話し、入社して二日目で仕事を休んだ。

自分の生活費と息子達への経済的な支援をするため、すべての屈辱を、唾と共にお腹の中へ呑み込んだ。

平成十七年、希望を持って、那覇家裁から婚姻費用分担の養育費という債務名義をもらい、別居の合意があって、更に個別で当事者間が協議書を取り交わし、東京に移住したが、その直後に災難が降りかかった。

いずれも政治家のようなグループが、私の勤務先に不当解雇助成金か何かの裏金を流すと同時に、物々しい警備網の中で、警察達は、私が解雇されるのを見届けた。

# 第四章　魔の協奏曲

長男をアメリカの公立高校に入学させた後、週一回放課後の時間を利用し、トーランス市のコミュニティー医療機構でカウンセリングを受けさせた。

小さい頃、私は養母の虐待を受け、「ノー」という言葉を言えなくなったが、学業も仕事も順調だった。更に才媛と呼ばれたほどのモテモテの女子なので、差別や虐めは、まず私とは無縁のものだった。

信介と台湾で結婚の手続きをする前日に、いろんな不吉な予感をしたので、逃げたかったが、「結婚したくない」という意思表示を自分の口から言い出せなかった。

配偶者ビザが下りるまで、数カ月間掛かると聞いていたので、沖縄へ移住する前に、彼の両親にご挨拶の手紙を送ったが、何の返事もなかった。大学の授業料や生活費と家賃等は、全部一人で工面した経験で、頑張れば何でも克服でき、信介と二人で力を合わせれば、親を頼らなくても十分にやっていける自信があった。

「ビザは、後一カ月ぐらいで下りる予定。アパートを先に借りておいてください」

しかし、彼はお金を惜しがり、実家が新築の家を建てたばかりで、彼に大きな部屋が与えられたという理由もあり、私の希望を聞いてくれなかった。

沖縄に行った当初、まだ沖縄の社会から排他される前に、すでに姑と信介の妹から悪夢のような差別と虐めを受けた。


「もし、貴女が幸せな結婚生活を送っていれば、何の心理的な問題も起きなかったはず」

臨床心理士の大野先生から、このような診断結果を受けた。

結婚してから、予測できなかったことがあまりにも多すぎる中、すぐに妊娠してしまった。婚姻してから授かった子供なのに、姑は私を疑っていた。

「これは、台湾で誰かとの間に出来た子供じゃないの」

当時の沖縄では、何故か台湾の女性がみんな売春婦だと思っている風潮があった。日本語で弁解と喧嘩する能力がまだない私にとって、非常に辛かった。

妊娠五カ月の頃、信介の父親は社会的な地位もあり、結婚披露宴をやろうと提案してきた。

「お腹が大きくなっているから、やりたくない」

私の意見は無視され、強引に日付が決められ、時間的な余裕がないということで、披露宴の場所は、なんとお葬式も兼ねるセレモニーのホールだった。

神社での儀式なので、二人の年配の女性が着物の着付けをしてくれたが「いっせーので」みたいな感じで、赤ちゃんを殺す気かと思うぐらいの力で、妊娠六カ月のお腹をきつく引き締めた。

披露宴の後、疲れの影響か、胎動がなくなった。また、信介の高校時代の友人に感謝の気持ちを表すため、家でのパーティーも開けと無理矢理に信介の父親に言われ、大きなお腹で、まだ家事労働に慣れていなかったが、私は、十四人分の食事を作らなくてはいけないことになった。

信介は、私が料理の本を見ながら、中華料理を調理している時に手伝いもしないで、盛り付けが完成した料理をつまみ食いばかりしていた。それを何度も繰り返すので、本当に呆れてしまった。

パーティーの時に、彼の友人の奥様達は、みんな子連れで来たので、料理の仕上げや運ぶ役は全部私一人でやって、食べる暇が全然なかった。みんな帰った後、残った僅かなおかずでも、信介がすべて食べてしまった。私とお腹の中にいる赤ちゃんと二人分の栄養を取らないといけないことに配慮せず、私の食べる分まで奪ったことに、悲しい思いをさせられた。

披露宴の後、体力的な負担と心労で、私は妊娠中毒症を罹った。薬の服用は極力避けたいと言ったが、医者は大丈夫だと言った。

まだ慣れていない結婚生活で、妊娠中はいろいろと大変だったが、異国の地ですぐに働くため、大きなお腹を抱え、バスで簿記学院に通った。

その後、元気な男の子が産まれた。発育も順調で、記憶力も抜群だった。将来が楽しみな子だと思い、少し安心した。

子供が大きくなるまで、いろんな人生の知恵やしつけなどは、私の母国語で教えた方が、より正しく伝えられると思い、中国語を親子の共通語にした。

初めての里帰り、長く滞在していたこともあり、長男の憲一は中国語がペラペラになるほど上達した。

しかし、沖縄に戻り、姑が長男をひどく叱った。

「何を喋っているのか、周りの人が分からないから、やめてください」

良くないことだと、憲一が感じ取ったのか、あっという間に、せっかく覚えた中国語を忘れてしまった。小学校に入る前に、憲一に空手教室に通わせようと思い、空手着を買って準備した。体験レッスンは二回できると聞いた。信介が連れていったが、二回目の時は、どうしても息子の格好いい姿を見たかったので、空手道場に私が迎えにいった。まだお稽古の時間が終わっていないので、私はつま先立ちで静かに廊下を歩き、教室の中を覗いた。

見とがめたトレーナーが大きな声で怒鳴った。

「誰のお母さんだ？」

「ああ、大浜憲一だけど」

「授業料を払わないのか」

「あっ、主人が払いますよ」

「ふざけんな！」

道場の中で稽古していた年長児達はみんな動作が止まり、こちらの方に顔を向けた。その時は、誰のお母さんというよりも、一人の外国人が差別を受けたという雰囲気の方が強かったので、悔しかった。

私は頭を低く下げ、廊下から逆戻りして、無言で外に出た。その後、憲一は一度も道場に行きたいとは言わなかった。希望と愛情を持って、折角買ってきた空手着だったが、いつ、どのように処分したのか、まったく覚えていない。

小学校に入ってからは、予想通り成績が優秀だったので、通信簿の５の数に応じてご褒美を与えていた。新しい学年になって、憲一がその話を担任の先生にすると、私は、すごく怒られてしまった。

「お母さん、子供にお金を与えるのはよくない」

沖縄の小学校では、毎年主催する運動会に親御さんが必ず豪華なお弁当を作る。子供達がスポーツを好きになるように、ご褒美のようなご馳走を作る恒例があるのと同じように、台湾では子供が勉強を頑張って良い成績をもらった時に、親が子供にお小遣いをあげる習慣がある。それと同じ意味だと思う。

「将来、体育大学に行きたい」

わんぱくな憲一は、実は運動神経がすごくいい。体を動かすのが大好きだったので、知らず知らずのうちに、体育大学に行きたいという夢が膨らんだようだ。

二男が生まれて、すぐに家を買ったが、信介との間は、家庭内離婚になってしまい、いつも父子三人か、母子三人で遊んでいる。でも、お互いに邪魔をしないように、それぞれの空間を持ち、同じ屋根の下で暮らしている。

憲一が中学に上がった時に、私は、中国語を生かす事業を一人で考案した。沖縄の消費能力及びニーズ等を考慮し、中国留学と翻訳通訳だけでは、会社の経費を維持するのが厳しいということで、外国語教室も取り入れた。

息子達の外国語学習にもプラスになると思い、会社を立ち上げたら、金銭欲の強い信介がこの時、豹変した。

ボーナスを一度も私に預けたことはなく、給料も全額渡すことがない。家族四人の生活費に毎月十一万円しか出してくれないのに、私がちっぽけな会社を立ち上げると、まだどれほど運営できるのか分からない当初から、あれもこれも払え、と言ってきた。

「俺には借金がある」

それは、私が一番嫌いな言葉だった。

「借金があるなら、もう別れる。私は絶対に助けない」

体力はあまりないが、息子達のために、普通の専業主婦よりも二倍も三倍も働いてきた私は、信介に現金を渡し、家を買い、土地も購入したが、全部信介だけの名義で登記された。

土地の購入に少しローンを組んだが、土地代の収入で十分払えるのに、それでも借金があるなんて言う男は、非常に情けないと思った。

「財産は、もらうものではない。知恵を絞って、汗をかいて、努力したことによって、築くものである」

私の考え方を、信介はなかなか理解できないようだったが、息子達がのびのびと成長できるように、信介と喧嘩せずに我が道を進み、このまま頑張ればいいと決めた。

仕事と育児、そして家事労働に励み、常に自分を磨き、パソコンやオフィスツール等も最新バージョンを揃え、時代に遅れないようにした。

毎年のお正月は、必ず神社へ参拝しに行く。お祈りの時に、必ず一つの願い事を言う。それから一つの達磨を買って帰る。その年、目的達成に努力して、夢が叶ったら、だるまに目を入れ、その裏に達成した内容を記録しておいた。

【百万円が貯金出来た】

【新車を買った】

【マイホームを手に入れた】

【土地を購入した】

家族全員のために財テクを駆使して頑張った私なのに、儲けた大金持ちだと、信介は勘違いした。

私は弱い人間だが、いつの間にか逞しくなり、息子達の大学に入る頃までの人生設計まで考え、何でも事前に予測して、対策を取ってきたが、それが裏目に出て、旦那を駄目にしてしまった。

信介は、「ご苦労様」と言う代わりに、金を無心する姿勢が出始め、悪質な金銭せびりをするようになった。

また、私が事業主になったのが原因かどうか分からないが、インポテンツ現象で、セックスしたくても、できない状態が続き、調停離婚が成立するまでの二年間は、セックスレスの生活になっていた。彼からは、苦労を掛けたとの一言すら聞いたことがなかった。

平成十一年の年明け、長年翻訳の世話をしてもらった印刷会社の営業部長に頼まれ、他の翻訳者が失敗した急ぎの翻訳案件があると言われ、私は部長を助けるため、三日間一睡もせず、納期に間に合うように取り組んだ。

それを完成させ、家でゆっくり寝ようと思ったら、ちょうど祝日だったので、家族全員が家にいた。私は信介に、「疲れてるから部屋を譲ってほしい」とお願いしたのに、信介は、いきなり私に殴りかかってきた。それが原因で、私は那覇家裁へ離婚の調停を申し立てた。それは、心身共に限界を迎えての調停離婚だった。

調停中、憲一が高校一年の夏休みを迎え、二男の英司と一緒に沖縄の海洋博記念公園に遊びに行った。その夜は、親子三人が名護市のホテルに一泊した。

二人の息子に離婚調停のことを知らせ、意見を聞いてみた。

「僕は大丈夫だよ。英司が心配だ」

憲一はしっかりとした表情で言ったが、英司が涙を見せた。

あの時、母親である私を励ますためか、元気な姿で振る舞った憲一は、私がアメリカへ行ってしまうと、急に痩せてしまい、学校にも行かなくなった。

親権者である信介には、息子の憲一をいろんな危機から救う気持ちなど全くなく、今になって分かったのは、彼はお金を使いたくないだけで、後はどうでもいいという変わり者だ。全ての経済的な負担を私の方へ押しつけ、養育費をまったく払わなかった。

長男がアメリカに来ている間と、法政大学に通うための住宅の賃貸契約を結ぶための初期費用を含め、私が信介の代わりに立替えた費用は、六百万円にもなっていた。

後程、婚姻費用の分担調停に変わり、別居の合意があったことで、債務名義の名称は「養育費」というふうに調停調書に記載されていた。それは、普通の離婚したケースの養育費とは違う意味を持っている。

一回目の婚姻中、私達夫婦の間に、彼が受給した毎年のボーナスは、将来子供達が大学に入学する時に、信介が教育費を負担するという夫婦間の約束があった。また、私のアメリカでの再婚は、彼の代わりに親権を背負った原因で、幸せを潰されてしまったこと等を考えると、信介にいろんな損害賠償や慰謝料等を請求しても、おかしくない状況だった。

決まった婚姻費用なので、何の文句も言えないはずの信介だが、何故か沖縄県警は彼を助け、大物政治家と連携し、いろんな強権者を動員して、私の邪魔をした。そのために、携帯電話を傍受しやすい法整備まで整え、更に、公的機関に私が権利の主張をできないようにするため、あるレッテルを貼られていた。それは、私と憲一を「精神病患者」としたことだ。

最も恐ろしい弾圧の手法を考案したあの大物政治家の小僧は、このような発言をした。

「公安を使え！」

国家公安委員長を務めた人間の発想なので、バカにはできない。これらの噂は、上京した当初から広がっていたけれど、まさか私に関係あるとは思わなかった。

憲一は、小さい頃から、とても陽気な子だった。高校一年の時に、両親の離婚がきっかけで不登校になり、母親がアメリカに行ってしまったことで、会いたくても会えない原因だろうか、心の中に大きな穴が開いてしまったと思われる。

「僕は非常に苦しい！　入院させてください」

彼は自ら病院に行き、医者に相談したことを、信介から聞いた。

「莉莉さんは、自分で病院に来たわけだから精神病ではない証拠ですよ。まだまだ救える道がある訳だから、他人の視線を気にしなくても大丈夫ですよ」

医者にこのようなことを言われたことがあり、気が付いたところで、憲一も同じ現象を起した。憲一の心の苦しさから救えるのは、恐らく私一人しかいないと思う。

憲一をロサンゼルスに迎え、コミュニティーの医療機構でカウンセリングを受けさせたお陰で、日本人の心理カウンセラーは私を案内し、一緒に「家族会」の集合に参加した。

通訳を兼ね、アメリカの先進的な精神科の治療現場を見学させてもらい、精神病に対する正しい知識を学ぶ機会を設けてくれた。

「今講話している方は、統合失調症の患者だけど、博士の学位を有している方ですよ」

「日本では考えられないことですね」

「アメリカでは、統合失調症の患者であっても、普通の人と同じ条件で学校に通えるのです」

「日本でしたら、怖いイメージしか持たないですね」

「正にその通りです。アメリカの場合は、幻覚幻聴がある統合失調症の患者に、自分には幻覚幻聴が起きるということを自覚させ、如何にその幻覚幻聴と現実のことを見極め、克服していくかが非常に重要な訓練になります」

「なるほど」

「精神科の病気は、体の病気と考え方が違っています。主に脳という一つの臓器を対象にしています。病気になる原因は、まだまだ判っていないのが多いけれど、現在の所見となる症状と、病状の持続期間及びそれによる生活上の支障がどの程度あるのかを診て、診断名がつけられます」

「そう言えば、心の病気といっても、種類も症状も様々ですよね」

「診断基準は、アメリカ精神医学会が作成したものと、世界保健機関が作った疾病分類の診断基準が多く使われています」

「精神病は、どのように診断され、治療されるのでしょうか」

「社会的な環境やストレスの状態を含め、総合的に診断し、治療方針を決めるのは、非常に重要な作業があります」

アメリカから沖縄に戻った後も、首里にある精神科の外来に通院させた。

「憲一の病名は、何ですか」

「病名は、まだ付けられませんよ。明るい子だったから、心配し過ぎないようにしてあげてください」

担当医の浦先生が穏やかな表情で私の質問に答えた。

信介との復縁は、子供達にとって安堵感を与え、両親に囲まれた環境で、憲一に奇跡をもたらした。

憲一に少しずつ落ち着きが見え、大検に合格した。その後、大学にも入学して、楽しい学生生活を送れるようになった。しかし、この大事な時期に信介は、他のところに目が向いていた。息子の成長ではなく、アメリカで私が立て替えた養育費を返済しなくて済んだし、AEONクレジットカードの不足分を立て替えなくて責務からも逃れた。更に私の妹からの送金で、彼がローンで購入しようとする住戸も、資金を出さずに手に入れた。

私は、彼にとって、単なる金のなる木に過ぎなかった。

彼の名義で登記した土地の上にあった住戸を買った直後に、家のすぐ近くに一戸建ての住宅が裁判所で競売されている。

「俺の名義で買って！」

彼は、私にお金の出所があるかどうかも考えずに、いきなり同じエリアの高級住宅街にあるその物件の前に連れて行った。

「私のお金で貴方に家を買うの？　貴方はハンサムボーイでもなく、プレイボーイでもないでしょう。ズルいな」


暫くしてから、近所にある中華料理のお店がオープンした。食事に行ってみたら、知り合いの華僑が営んでいたが、旦那様が半身不随という不自由な体で、レジで店番をしているのを見て、時々手伝いをしに行った。すると信介が言った。

「おーい、お前が出資しているんじゃないか」

「私が出資者だったら、皿を運ぶ必要もないでしょう」

世の中に、こんな醜い男がいるなんてゾッとする。

結局、これらの出来事は、あくまでも前奏曲に過ぎなかった。

憲一の法政大学のスクーリングは、一年間通うという通年のパターンを取り、社会復帰という狙いで、家庭裁判所でそのやり方や考え方が専門家を交えて、すでに調停済みだった。約束した通り、東京で賃貸物件を探している頃、信介は賃貸契約を交わした時点で、敷金礼金を払うことになっていたが守らなかった。

まだ心の病気なのか、精神的な病なのか分からない憲一を、とりあえず精神的に安定させ、のんびりと学生生活を送らせることが、私達夫婦の大きな責務だと、家庭裁判所で確認し合った。

精神的な支え合いもなく、経済的負担も一方的に私に背負わせようとした信介に、私はこれ以上説明や要求をするのも、時間の無駄だと思い、一人で長男の病気と戦うつもりでいた。

勉強にしっかりと取り組んでいるかどうかは、まだ判断がつかないけれど、憲一は、毎日ウキウキして図書館に通い、病を抱えている人間にはまったく見えない。むしろ普通の人と同じように判断力があって、分析力もある。また、小さい頃からユーモアセンスを持っているので、親子の間の会話が弾む。

日本に戻ってからは、この子に幻覚幻聴が現れているんじゃないかという疑いは、一度もなかった。

那覇の高校に戻りたくない長男は、最終的に自分の力で大学に入った。その後、レポートと単位の取得試験の自己管理が苦手ということで、大学入試をもう一度やり直し、私は家庭教師を雇い、見事に東洋大学に合格した。

信介が、約束した通りに憲一の大学生活を一緒にみてくれたら、今頃は、すでに立派な社会人になっていた。彼が大学の授業料を支払わなかったことで、憲一は大学二年の二学期に退学になってしまった。その後、すべての歯車が狂ってしまった。

学歴もなく、手に技術も持っていなかったため、比較的採用されやすい工場の仕事を選んでしまった。寮も殆どついているので、アパートを借りなくて済むと憲一は思った。しかし、体力を酷使する仕事に耐えきれず、また私のところに戻ってくる。

「働け！」と、いつの間にか、信介は憲一にその言葉ばかりぶつけるようになった。

大学に行かないにしても、これからの人生どうやって食べていくのかを、知的且つ理性的に考えなくてはいけないのに、信介との価値観があまりにも掛け離れ過ぎて、家族の結束力がなくなってきた頃に、憲一は池袋駅の構内で連行され、刑法の最高罰金よりも重い罰金刑に処された。

ゲストハウスの職を失い、私は一年間で四回も不当解雇に遭い、更に「懲戒解雇」という偽りの事実まででっち上げられた。怒りでほぼ半狂乱の状態になってしまった私は、同時期に長男が連行されたこともあり、池袋署で長男を引き取る前に、駅の近くにある榎本病院で心理カウンセリングを受けることにした。

待合室で待っていた時に、精神科に場違いな男性二人が、私の名前が呼ばれる前に診察室に入った。その直後に、医者が部屋の外に出て、わざわざ私を探して名前を呼んだ。

そこで二回目の受診は、長男の憲一も連れて行くと医者に相談したので、二人の名前で予約して行ったのだが、病院の待合室の壁に、変な貼り紙があった。

【俺とセックスしたい患者は、俺の診察室に来て】

「何だ、こんな猥褻な誘いもあるの」

憲一の目は実に鋭い。だけど、私には、何か裏があることに気づいた。それは、弾圧グループが実在していて、彼らからの嫌がらせに違いない。

私達親子の担当は、渡辺先生だったが、三回目からは松山医師に変わった。沖縄にいた頃、私が国立の大学病院で、大野臨床心理士のカウンセリングを受けて以来、すでに二十年が経っていた。

当時あった酷い不眠症は、忙しい育児生活と仕事に追われて、知らず知らずのうちに治まってしまった。連続不当解雇のショックがなければ、私は精神科とはもう無縁だと思っていたので、憲一だけに受診させた。

自分自身が一時期カウンセリングに通った経験で、母親のお腹にいた時から不利な環境に置かれたことに続き、両親の離婚等の経験を経た憲一に、同じくカウンセリングを受けさせた方がいいと思い、病院に任せた。しかし、榎本病院は何故か急に大塚に分院が新設され、担当の松山医師が院長になって、憲一はそちらに移動させられた。

「お母さん、憲一さんは統合失調症です」

「沖縄の浦医師からは、まだ病名がつけられないと言われましたが」

担当の松山医師が暫く黙って、カルテに何かを書いていた。

「この子は、特に極度な緊張感や不安もないし、思考や会話が支離滅裂でバラバラという感じもありません。ましてや幻覚や幻聴があるとも、本人から聞いていませんが……」

「精神障害者の手帳を持っていれば、何らかの保証をしてもらえるので、お母さんは少し楽になるかもしれませんよ」

「えっ、精神障害者？　あり得ない！　それなら、私は自分の力で、ゆっくりとこの子の面倒を見ますよ」

それ以上松山先生は何も言わずに、診察が終わった。

憲一は、急激に変化する環境に適応する力が足りなくて、運命の悪戯に遭遇し、心の病気になってしまったに違いない。まさか統合失調症なんて言われるとは、思っていなかったので、重い気持ちになってしまった。

長男の精神障害者手帳が予定よりも早く下りた。しかも、なんといきなり二級とされ、月曜日から土曜日、毎日朝から夜の七時半までの間、刑務所に入ったみたいな感じで、大塚分院にいないと駄目なことになった。

「先生、長男の病名に納得出来ません。心の整理がつかないから、私もカウンセリングを受けさせてください」

「ならば、池袋の方に電話をして、大塚に転院したいと言ってください」

私は、言われた通り電話した。

「お母さんは、カウンセリングなんかやっても意味がありません。薬だけを飲めばいいんです」

本来は、大塚分院で診察を受けたかったら、保険証を出せば、診察してもらえると思うが、松山医師の指示された通りに池袋の榎本病院に電話したのに、カウンセリングを受けさせてもらえなかった。

「どんな薬を飲むのですか」

「統合失調症に処方する薬です」

「えっ、私も統合失調症?」

松山先生は、前と同じように何もしゃべらずに、カルテに集中していて、すぐに診察が終わった。処方箋を持って、大塚分院の近くにある薬局に行くと、薬剤師に声を掛けられた。

「先ほど病院から電話があり、処方箋と違う薬に取り替えたいのですが、よろしいでしょうか」

「どういうことですか」

薬剤師は何も返事せずに黙々と薬を準備していた。

私はその薬を、近くのコンビニエンスストアのゴミ箱に捨てた。その背後にある黒幕は誰なのか。目の前で次々と恐ろしいことが展開され、この病院はちょっと怖すぎて信じられない。

足立区役所の福祉管理課に転院のことを相談し、西新井にあるうつ病専門の成仁病院を紹介してもらった。

憲一に付き添い、成仁病院で診察を受け、自立支援の手続きもこの病院に転院を希望すると申し込んだが、榎本病院は、憲一に転院させない作戦を起こした。

「榎本病院で通院するなら、二級の障害手帳をずっと持てる。そうすると、生活保護の申請も有利になると、先生から言われた」

榎本病院のスタッフが憲一のアパートに説得をしに行ったそうだ。

「有利になるとかの問題じゃない。お前のこれからの生活に大きな支障になるよ。精神障害者って、どんな意味か分かるの」

「松山先生は僕に優しいし、生活保護を受けられたら、お母さんも楽になると言われた」

「お母さんは、受けたいとは思っていないよ。お前は今、自分に何ができるのか、先に考えなくてはいけない」

確かに債務名義を獲得したとは言え、信介は、ちっとも履行しない上に、私の健康保険や国民年金も家族から外し、憲一の度重なる引越しも私一人の重い負担となった。

池袋事件があったことがきっかけで、憲一を榎本病院に通院させて、何とか誰にも迷惑を掛けないように、症状の軽い時期から治療を始めさせたいと思っていた。それがいきなり私達母子とも「統合失調症」と診断されるなど予想外のことに遭遇し、この現状をどう打開するべきなのか分からなくなった。

すでに重い罰金刑を課せられた池袋事件は、どうも納得できないし、理解もできない。謎がたくさん残っている。

長男が統合失調症という事実を認めたくなくても、今まで勉強してきた医学的な知識と、通っていた病院の医師から聞いた話から判断すると、憲一は、もしかすると軽い症状の統合失調症か、うつ病にあった統合失調症の症状が現れたのか、どちらかは、否定できないかもしれない。

病気を患っている子供を現行犯逮捕ではなく、池袋の駅構内から連行し、刑法の規定よりも高い罰金刑を課せられた。判決文は、憲一に特別送達で郵送されたのではなく、手渡しされたということは、日本の司法制度はどうなっているのかと、とても疑問に思った。

この件の解決策を講じ、後見人制度のことも知りたかった。K市にある城口法律事務所に予約をして、行ってみた。

もうすぐ退職年齢になるという城口弁護士は、のんびりとやっているようで、事務員が一人しかいない小さな法律事務所だった。

「池袋署の警察は軽犯罪だから許してくれたのに、その後、相手方は身内に警官の兄弟がいて被害届を出すようにと、言われたそうです」

「後見人制度を利用してもいいが、息子さん本人の意思確認も必要なので、必ずしも通るとは限りません」

弁護士と相談している間に、電話が頻繁に鳴っていた。

クライアントと打ち合わせをしている最中は、電話を取らないのが礼儀だが、弁護士は事務員に呼ばれて、何度も席を外した。

「沖縄県警に過ちと不正があった原因で、ごたごたして、東京に引っ越した当初から警察に囲まれた状態にいたので、警察は私の安全を見守っているのかと思っていました」

いろいろ相談して、池袋事件を弁護士に解決してもらおうと考えていたところ、目つきが鋭い刑事らしき男性が法律事務所を訪れ、城口弁護士を外に呼び出した。

暫くしてから、弁護士が事務所に戻り、意外な言葉を口にした。

「警察が貴女を見守っているとは思わないでください」

「えっ？」

「警察は、貴女を目の敵にしている。貴女も警察を敵だと思いなさい」

「はっ！」

その場で、城口弁護士は私の依頼を断った。その後、城口法律事務所は、どんどん弁護士の数が増え、中国語のスタッフも揃えるなど急成長した。

ある日、さいたま地裁の近くにある法テラスへ相談しに行った時、偶然にも城口弁護士の夫人が担当していた。更に数年後、家の近くにある眼科で、ばったりと彼女に出会った。

「主人の事務所の弁護士は、全員台湾へ旅行しに行ったよ」

「全員ですか。何かの会合でしょうか」

「まあ、そこまでは聞いていないけど、今晩は一人でご馳走を食べるつもり」

弁護士が全員で台湾へ、法曹界との合流か、研修会みたいなことをやっているのではないかと私は思った。というのも長男が池袋署に連行された後、台湾へ気晴らしに里帰りした時に、裁判所で働いている弟は、事前に誰かから情報をもらったかのように、意味不明なことを言っていた。

「姉ちゃんは、法律のことが分からないからな」

「分からないのは事実かもしれないけど、私は大変な被害者ということ自体は、変わりはないし、裁判所に助けてもらいたいの」

連続不当解雇とか、複数の裁判を抱えていること等は恥ずかしいので、実家の兄弟にそれ以上話さず、一人で歯を食いしばって、頑張っていた。

長男の病名に納得できないことに、一人で悩みを抱えても解決にならないと思い、松山先生に相談したいのが本音だったのに、突然私も統合失調症だとカルテに書かれ、実際の処方と違う薬に取り替えられたのは、謎としか言いようがない。

例の不当解雇に係る裁判の控訴審は、実際に言い渡された正当な解雇だが、裁判所に提出された理由は、私が統合失調症を罹ったから解雇できるというものだろうか。

この件については、榎本病院は、大物政治家から利益や優遇措置を受け、精神障害者が通える学校や分院の数がどんどん増え、私を不当解雇した会社と同じように、病院の規模は成長する一方だ。

「警察を敵にしろ」城口弁護士のアドバイスがあったとしても、私にはとてもできないし、この説は理解できない。

不当解雇の控訴審が始まると、ある制服姿の警察官が私の住むマンションを訪れた。警察手帳を先に見せてくれた。少し驚いた私は、質問をした。

「赤峰さんって、沖縄の方ですか」

「いいえ、九州です」

沖縄を出てから、今までの経験で、大概沖縄の人であっても、沖縄と言わないのが彼らのスタンスだった。

「独り住まいですか」

「はい」

「携帯電話の番号を教えてください」

「いいえ、携帯は持っていません」

「じゃ、自宅の固定電話でもいいですよ」

警察は、手に持っていた大きなファイルを開き、何かを記録しようとする構えだった。

「息子さんはどこに住んでいますか」

「一人は足立区で、もう一人は大学の寮に住んでいます」

「それぞれの連絡先を教えてください」

このような感じで、警察は私だけでなく、息子達の身の安全まで心配してくれたのだと思い込んだ。ましてや私の息子達は、半分は沖縄の血を受け継いでいる。同じ沖縄のルーツがあるなら、私の息子達に危害を与えることはないだろうと思った。

しかし、翌日ある施設に電話をし、サークルの体験レッスンに参加していた僅かな時間に、誰かが私のマンションに侵入した。

ノートパソコンが開けられていたが、パスワードで守られて、何もされなかったので助かったが、その傍にある電気スタンドがついたままで消されていない。

そして一番不思議なのは、いつも誰かが不法侵入をして、「強制捜査」した後は、必ず私の風呂場の給湯器を四十二度に上げ、そのデジタル式の数字にマーキングをした。

真冬でも、私は給湯器の温度を最高四十度にしか上げないことにしている。私は熱いお湯が苦手なので、夏だと三十七度にしている。しかも、使ったら必ずオフにする習慣がある。

この犯行現場でマーキングされた数字は、その暗号を解読すると、このようになると思う。

「暑い国からのメッセージだ」

長男に厳しいしつけをするため、私のマンションの鍵を渡していないが、二男は週末に寮から帰ってくるので、鍵を渡してある。

大学の寮の部屋は最高四人が入居できる。しかし、老朽化のため、入居者が少なかったらしいが、ある日、宮崎出身の白川という学生が入居し、二男と仲がいいと聞いた。しかし、彼はこの大学の学生ではないことが、後ほど二男のフェイスブックで判明した。白川はどの目的で入寮したか、二男が鍵とキャッシュカードを安全に保管しているのか心配になった。

信介が債務不履行の原因で、第三債務者に対し、取立訴訟を起こし、弁済金の振込先は私名義のみずほ銀行那覇支店になっているが、最初は十五万円という減額した金額しか入金しない。途中六万円の入金があったり、なかったりして、最終的に、四年間債務名義の期間のうち、二十七カ月間は、一円の入金もしていないが、みずほ銀行の取引履歴には、ずらりと立派な出入金の記録があった。

私のマンションには、頻繁に不法侵入され、「強制捜査」された。また、殆ど都内に勤務していた私は、外出する時間が長いため、長男が池袋の駅構内で連行された後、私に接近したみずほ銀行グループの河合部長の仕掛けも含め、私の債権は、知らないうちに、巧妙な形で奪い取られたことに、全然気付かなかった。

更に離婚訴訟と並行して進行していた養育費取立の請求異議の訴訟に、裁判所が息子達のゆうちょ銀行に入金されたお金も弁済金として算入された。未成年者の通帳を勝手に二冊も作り、信介が持っている代理カードを誰かに渡し、二男が那覇にいるというアリバイがあるのに、S署から徒歩十分で行ける足立本局で、そして、その数年後には、さいたま新都心の近くで複数回お金をおろされたのも、二男が一度も行ったことのない場所だったことが、裁判所で立証された。

これらの現象から考えると、警察の黒い影が見えてくる。というか、私が不当解雇された時や新たに就職するための面接時、沖縄人らしき人物が必ずくっついてきて、微妙な話を言ってくる。

「沖縄では、七万円で生活できるのに、何故夫に二十一万円の債務名義も請求したの」

彼らは、むしろ義賊の形で家庭裁判所の判断を覆した。

長男が亡くなった直後に、持ち金がほぼゼロになった私は悲しみをこらえて職を求めたが、電車は、また私が面接に行く大事な時に限って、運転見合わせになり、川口駅で電車が止まったまま動かない。私は、このままナメられてはいけないと思い、運転士の所に向かった。

「赤羽駅までなんとか動かせ！」

それで赤羽から埼京線に乗って、更に中央線に乗り換え、やっと総武線に乗れた。錦糸町にある面接の場所に着いたら、すでに二、三人の方が社長と話をしていた。そこで、「沖縄は七万円で生活できるのに」という面接の場で、あり得ない会話が出た。

家庭裁判所での調停と判断があるのに、私は、被害を受ける度に警察に訴えると、警察のパソコンには、すでにいろんな事実に反した噂が書かれている。

「警察のパソコンにしか載せないよ」と浦西署の若い刑事が私に言ったことがある。

「警察のパソコンか！　私は結婚詐欺の汚名もきせられているのか」

「警察に何かを相談する時に、私の名前と生年月日を入力すると、何故か必ず警察に怒鳴られた」

K署の女性刑事に長男が亡くなった日に、家に来ていた偽者の救急隊員のこと等を相談した後、警察のパソコンの話をした。

その後、警察の相談記録に、この女性警官との会話が残っているかどうかを確認したところ、情報開示データの中には、このような内容は存在しなかった。

最も許せないことは、裁判を起こした後や警察に何かの相談をした直後に、大体私の自転車のタイヤがパンクしている。

「虫ゴムを抜かれたよ」と警察が言った。

虫ゴムを抜かれ、パンクしたことで被害相談をしに行くと、パンクの被害に遭った自転車に「指をさして！」と言われ、まるで加害者のような写真を撮られた。

一番不思議なのは、数人の警察官が自宅に置いてあった自転車の被害状況を見に来た時に、私の指紋を要求された。

「これは五十代の時の指紋だと書いてあるから、ここで署名してね」

両手と、両手の指一本ずつ指紋を取られた。

「私は犯罪者？」という疑問が浮かび上がったが、どういうふうに警察に文句を言ったらいいのか、さっぱり分からなかった。

訴訟の相手方は、遠く沖縄にいる信介だったのに、外出先から帰って来ると、嫌がらせをされ、開いていた窓からミミズやゴキブリを投げ込まれたことがよくあり、気がつくと、毎回同じ場所に虫がいたので、それ以降は、その窓を開けないようにした。

債務名義の効力を信じ、信介の肩代わりに立て替え続けた私は、高額な初診料等の医療費を含め、何も取り戻せないかもしれないと思いながらも、長男の職業訓練に力を入れようと、公的機構の協力を得ようとした。

足立ハローワークに、精神障害者の職業訓練や就職援助等のことを相談したら、医者の意見書を求められ、担当の方が直接松山医師に電話をしたが、きっぱりと断られた。

榎本病院に通ってから、憲一が薬漬けみたいな形になって、手にいっぱい大きな薬袋を抱え、いろんな薬を渡されたことを私に見せた。授業料を支払う余裕があれば、今頃は東洋大学で楽しく勉強しているはずだったが、突然精神障害者と宣告され、何とも不思議で信じられない状況になっている。

一度、榎本病院のスタッフから声を掛けられた。

「入院させましょうか」という突発的な引き合いがあった。

「ふざけないでください！　私の息子を何だと思ってんの」

その後、西部福祉事務所の島村氏が東京障害者職業センターを紹介してくれた。とにかく、今更学歴を求めるのも無理なので、何とか憲一にふさわしい職業に就いてほしいと思った。

「職業評価というのを受けるから、頑張ってね」

上野駅の入谷口を出て、約束した通り障害者職業センターの担当者に会った。

郵便局での仕分け作業の適性検査だと思うが、憲一は真面目な面持ちでテストに取り組んで、できるだけ早いスピードで定められた数字に達成するように頑張った。

「駄目だね！　君より立派なプロがいっぱいいるよ」

憲一は、その担当者の話を聞いた突端に、表情が急に暗くなった。

私は最後の最後まで諦めないで、担当者に提案してみた。

「先ほど待合室で、いろんな職業訓練の施設があるのを見て、その中から一つでも受けられないでしょうか」

「ない！　一つもない！」

まさか上野の東京障害者職業センターは、そんなにハードルが高いとは思わなかった。紹介者の島村氏の仕掛けなのか、虐めなのか、腹が立った。とにかく、憲一という明るい青年は、死刑判決をされたかのようなショックを受けた。親子とも暫く体の動きが取れないほど仕打ちを受けてしまった。

榎本病院に通って、憲一は精神障害者にされたのなら、支援機構になんとか障害者の職業訓練か、就職の支援に力を入れるはずなのに、上野の東京障害者職業センターから予想外の屈辱を受け、何一つ形にならなかったので、憲一はこっそりと那覇に行き、アルバイトをして生活していた。その後の年明け頃、再び首都圏に戻ってきてもらった。

そもそも憲一は、自分の力で大学に入った訳だから、障害者ではなく、一般の人が受ける職業訓練学校の方がいいと思った。入学試験に臨み、私は憲一に面接の練習や長時間教室に坐れるような訓練をした。憲一は真剣に教えられた通りに、一つ一つの難題をクリアした。見事に合格した後も、学校の授業に真面目に取り組み、幾つかの資格が取れるように、一度も遅刻や欠席をせずに通っていた。職業訓練課程の中では、電気関係の資格を取るのが目的だった。

今まで、延々と息子達の諸々費用を、信介の肩代わりで立て替えたため、蓄えのお金を使い果たし、ほぼ底をついてしまっていた。

手持ち金があまりない中、必死に長男の職業訓練をサポートし、生活費や交通費等を立て替え、長男がちゃんと職業訓練の給付金をもらえたら、私はまたそれを翌月の立て替え金にし、運営していた。

大学を卒業しなかった分、私が持っている外国語能力と資格等の技術も教えていこうと考えていたところ、突然、長男が亡くなった。

ロサンゼルスの高校に入れてから、そこまでの十二年間、私の人生そのものは、憲一と共に戦った聖なる日々だった。

本人の希望で入学した東洋大学から受けた入学許可書と、順調に取れた危険物取扱者（乙種第四類）の合格通知と、第二種電気工事士の検定試験申込証明書を揃え、憲一の遺影写真の前に並べた。

「頑張ったね、憲一」

数カ月間、私はテレビさえつけず、すべての音を消し、静かに憲一の写真を見つめていた。

こんな状況の私に、ひどい仕打ちはまだ続いていた。弾圧グループは、執拗に私を苦しめるつもりだ。生活が困窮しているので、求職のため面接に向かったが、特権を持つ弾圧グループが電車を運休させた。

新年の挨拶を避けたかったので、年末年始に里帰りした。その情報は、いち早く沖縄県警がキャッチし、翌々日、信介は駆け足で離婚訴訟を裁判所の御用納めの日に提出した。

悪人達は、一番不幸のドン底にいる私のような弱者をからかっている。彼らの心理は到底理解できない。

憲一の面倒をみるのは、本来父親である信介の責務だが、このまま信介に任せることもできないので、自分の幸せを犠牲にし、上京した。それ以来、この十二年間ずっと一人で戦ってきた。信介は、経済的にも精神的にも何の負担もなく、悠々と暮らし、私が立て替えたあらゆる費用を支払わなくて済むし、私の特有財産から財産分与まで受け取った。

思い出せば、憲一が榎本病院からやっと抜けられた時に、戸田医院に行かせたことがある。那覇家裁に「家族会」のことを訴訟の書類として提出したいので、医者に意見書を書いてもらうため、電話をしてから戸田医院に向かった。

私の名前で受付けたので、心理テストを作らないと医者に会えないと言われ、病院の流れに沿って、一通りの検査を受けた。

「お母さんは、意見書を求めるために来ていると聞いたのですが」

病院のスタッフとみられる三十代半ばの沖縄っぽい男性が、待合室で待っている私のそばに来て、しゃがんだ。

「精神障害者と思われる長男の世話を私一人だけにさせていいのか、また、精神的な負担と経済的な損失も私一人だけに背負わせていいのか。家族会の役割はどこにあるのか。先生にこのような内容のことについて、ご意見を書いて頂き、家庭裁判所に提出したいと思っています」

「分かりました。少々お待ちください」

午前の診療時間を過ぎ、患者はどんどん減って行き、精神病患者には見えない二、三人の男性だけが待合室に残った。

病院の受付フロントの内側に二人の男性が入り、深刻な相談をしているような表情だった。

「大浜莉莉さん、二番の診察室にお入りください」

初診者は一番診察室だと思ったが、違う診察室に案内された。

体格がすごく大きく、まるで力士のようなパワーを持っていそうなスポーツ系の女性医師が対応してくれた。

「貴女は今、一人暮らしですね」

「はい、親戚も友人もこの町にいません」

「分かりました。貴女にはこれから強制入院してもらいます」

「冗談はやめてください。私は精神病患者だなんか思っていません」

「統合失調症の人は、誰も自分が病気だと気づかないんですよ」

「先生も、ご自分のことを統合失調症だと思っていませんよね」

待合室で私に接触したあの男性が、私を捕まえる構えをし、周りにいた何人かの女性スタッフも、緊張した雰囲気になった。

「貴女には家族がいないので、逃げても、市役所の職員の協力を得て入院させます」

「ふざけ過ぎてる！」

私は、怒りのあまりに、刑事が扮しているのではないかとも見える女性医師を指さし、毅然と診察室を出て、受付フロントに向かった。

「お母さんは何かの病気を持っていませんか？」

長男が亡くなった日に、家に来ていた警察官達が私を囲むようにしていた。その中の若い刑事が聞いてきた。

その日、脳がフリーズしてしまった私は、テーブルの前にいて、長時間じっと壁に面して坐っていた。

「私は病気ではない。沖縄の人のいじめに対抗できなくて、半年間臨床心理士について、カウンセリングを受けただけだよ。しかも、それはもう二十年前の話でしょう。あれから不眠症がすっかり治って、一度も薬を飲んだことがない」

何かの出来事がある度に、警察のパソコンにつながると、私は精神病患者だと記録されているのだろう。警察は私の相談を受ける前に、私が精神障害者だと思っているので、誰も私の被害相談を真剣に聞いてくれない。

養母の虐待を受け、そのトラウマを抱え、ノーという言葉をいえなかった私は、臨床心理士の助けでやっと立ち上がったのに、それでも警察は笑いのネタにしているのだろう。

長男が自殺した年を境目にして、民主党政権は何か大きな事故でも起こしたかのように、与党から野党にと撤退した。

そして、その正体不明な弾圧グループは、いつぞや自宅に来た偽物の救急隊員の唯一の目撃者である私を、何度か暗殺する企みを仕掛け、彼らが公訴されないように、私を精神病棟に強制入院させる仰天な行動まで起こした。

# 第五章　消えた向日葵

憲一がまだ二歳の頃、沖縄で酷い人種差別を受けたことが原因で、とても生きていられないと思った。姑と信介の妹までいじめに加わり、職場のリーダーにも殴られたことがきっかけで自殺願望が段々強くなり、真剣に失敗しない死に方を考えるようになった。

その後、自ら病院に通い、臨床心理士に助けを求め、やっと少し落ち着いたが、やはりこの愛情のない島から逃げ出したくて、署名しておいた離婚届を信介に渡した。

「もう戻って来ないと思います。息子のことをよろしくお願いします」


その後、アメリカの西海岸で大学の短期留学を利用しながら、幾つかの都市を転々とし、ニューヨークの英語学校を最後にして、次の人生のステージを決めたいと思ったところ、学校の英語講師マリリンが結婚するというニュースが入った。

「おめでとうございます！」

クラスには世界各地から集まった芸術家や日本人の歌手もいて、皆でお金を出し合って、先生に大きな花束を差し上げた。

真っ赤な薔薇ではなく、今まで特に注目したことのない向日葵だった。プラドレッド、ソリータとイタリアンホワイトなどを組み合わせた可愛いらしい大きな花束だった。

「向日葵は、太陽に向かって成長する植物で、元気とポジティブという花言葉があるけど、ニューヨークでは子孫繁栄という意味を込め、結婚するカップルに送る習慣がある」

幸せそうな微笑みを見せながら、マリリン先生が向日葵のことを英語で説明した。

「子供をいっぱい作ってくださいね」とスペインから来た映画監督志望の男子生徒が言った。

「最近、憲一はずっとママと呼んでいるよ」

憲一の写真は、信介の手紙に同封され、ホームステイ先に送られて来た。写真を見つめながら、憲一の可愛いらしい笑い声とわんぱくぶりを思い出した。

「良ければ、憲一の傍に戻ってあげてください」

沖縄のビーチで遊んでいる憲一の姿を見て心を痛めた。

教室の窓からマンハッタンの街を見下ろし、ほぼ曲がらない碁盤目状の道路が広がり、ビル群の中に聳えるエンパイア・ステート・ビルがすぐ目の前にある。

「子孫繁栄か」

ニューヨークで生活している人々に、向日葵の真意は、太陽の方向を追うことより、新郎新婦にとって、もっと大きな使命を持ち、太陽のような子供をいっぱい作ることだ。

「帰りたいな。憲一のために兄弟を作ってあげよう」

「憲一のことが恋しくて、憲一のためなら、すべての苦難を背負う」

息子は、私の心の中で生きる向日葵だ。

ニューヨークで最後のレッスンが終わり、ホームステイ先のホストマザーと一緒にロングビーチへ遊びに行った。

とても綺麗な砂浜で、サーフボードを抱え、歩いているサーファーを眺めながら、私はその白いビーチの上に、向日葵の絵を書いた。

「きっと向日葵と同じ陽気な男の子でしょう」

「早く帰りたいな」

「せっかく授かった命だから、大切に育ててね」

「そうだね。自分の手で幸せな家庭を築きたいと結婚した訳だから、憲一のために家族を増やし、みんなで笑顔の絶えない生活を送りたいな」

そう願いを込め、自由の女神が見えるマンハッタンの街を後にして、沖縄に戻った。

「女は弱いけど、母は強し」

その強さの根っこにあるのは、子供達への愛情だった。

英司が生まれてから六カ月になった時、給料の安い信介を助けるため働き始めた。保育園への送迎や家事労働を全部一人でこなした。

零細企業が殆どの沖縄で、息子達の保育園や児童保育などの時間に合わせるため、幾つかの仕事を経験した。その後、三十八歳の時に、まだ完全に開放されていない中国大陸を訪れ、中国外交官の人脈を利用し、一人の力で留学センターを立ち上げた。

夏休みの期間中、憲一とまだ保育園児だった英司を連れ、妹のいるロサンゼルスへ。アメリカ人の家にホームステイをさせ、英語学校に通わせた。

憲一が中学一年生の夏休みの時には、カナダのトロントに一人で行かせた。初めての一人旅だ。まだ携帯電話などない時代に、那覇空港で見送ってから、リモコンで操作するみたいに、公衆電話を使って憲一に指示した。

関西国際空港に着いたら、まず電話を入れて、と指示していたので、電話がかかってきた。

「今は二階の国内線到着ロビーにいるでしょう」

「はい」

「次は四階に上がって、国際線の出発フロアに行って」

「はい。四階に着いたよ」

「次はエア・カナダの受付カウンターを探して」

「見つけたよ」

「そこのカウンターで搭乗の手続きをしなさい」

「手続きが完了した」

「次は搭乗ゲートの番号をさがして、そちらから出国とパスポートの検査などを済ませなさい」

「はい」

長男が一人でカナダへ留学しに行ったが、私は、仕事のない週末を利用して、英司を東京へ遊びに連れて行った。ディズニーランドで長い列に並び、暑い夏を楽しく過ごし、新幹線に乗りたいと言い出した英司の希望を叶えるため、短い距離だったが乗車を体験させた。

忙しい仕事と家事労働及び育児生活に追われ、あっという間に時間が過ぎてしまった。平成十七年二月上京するまで、沖縄では、滅多に向日葵を見かけるチャンスがなかった。


北千住に引っ越してから、初めて商店街の花屋さんで向日葵の鉢植えを発見した。ミニサイズだから可愛いらしくて、買ってしまった。仕事から帰ってすぐに鑑賞できるようにと玄関口の外側に置いていた。こんな綺麗な花を、いつも誰かが蹴っ飛ばし、無残な姿にして倒した。国際特許事務所を辞める直前の出来事だった。

長男が家で育てていた向日葵が誰かに蹴っ飛ばされて、無残な姿になったのを見て、ショックを受け、突然行方不明になったことがあった。

池袋によく出入りすることになった時、いつも駅東口の花屋さんに並べられている向日葵に目を惹かれた。同じ黄色でも、様々な彩度の違う色つきに感動した。また、花びらの部分と、黒っぽい中心の部分も品種によって、大きさと形も、艶の競演みたいにそれぞれの魅力を放つ。やはり無性に欲しくなって買ってしまった。

当時、長男が住んでいた池袋のアパートに置いた。

数日後、長男はまた行方不明になった。不当解雇の裁判を起こした頃のことだった。

長男名義のマンションは、狭いので一緒に住むことができない。二男が就職した後、母子三人が一緒に住めるように、K市にある一戸建ての再建築不可の安い物件を、二男の名義で購入した。そこに入居した当初が今までの人生で一番幸せな時期だったと思う。

自分の持ち家に、お花を咲かせようとの思いで、紫陽花を空き地に植え、鮮やかな色のパンジーもいっぱい作った。

花屋さんに時々寄ってみる。そのたび向日葵があると何故か、ついつい買ってしまう。

幸福の絶頂時に、憲一は偽者の救急隊員に連れて行かれた。せっかく綺麗に咲いた向日葵は、玄関の前に植えてあるのに、長男に何があったのか、何を思い、自らこの世に別れを告げたのか。

救急車はサイレンを鳴らさずに、長男を乗せ、静かに行ってしまった。

砂浜に書いてあった私の夢の向日葵のように、潮が引くと、すべての幻像と真実が一瞬にして消えていった。

偽者の救急隊員に対し、誰も追及できなかったし、追及しようともしなかった。

平成二十四年五月一日、お昼時間が過ぎ、午後一時頃、長男が職業訓練学校から帰宅した。

「学校を休むの」

「うん」

「ご飯、食べたの」

「クラスメートと一緒に食べた」

長男は狭い廊下から私の部屋を通過し、二階に上がった。昨夜警察を動員したほどの脱法ハーブの騒動で疲れたのか、寝てしまったようで鼾が聞こえた。

私もこの件で疲れ切っていた。長男の鼾を聞いて、とりあえず一階の寝室で横になった。少し時間が経過した後、突然「あっ！」という声が聞こえた。

自宅の一軒隣の家は、大通りに面しているので、かなり車の騒音がするから、そのすぐに消えた声を気にしなかった。

あまり寝すぎると、夜の睡眠に影響し、翌朝起きられないだろうと思い、二階に上がって起こそうと思ったら、長男が首を吊っているのを発見して驚いた。

縊頸(いっけい)した首にそれ以上の負担を掛けさせたくないため、はさみでひもを切った。長男が畳に落ち、私は走って一階に降り、電話で１１９を回した。

すぐに二階に戻り、十分間以上も救命処置の心臓マッサージをした。しかし、必死に救命処置をしていても、救急車のサイレンがなかなか聞こえなかった。救急隊員が家を見つけられないのだろうと思い、階段を下り、外に出た。遠くに止まっていた救急車を発見し、手を振り、場所を案内したが、その救急車がサイレンを鳴らさずに、ゆっくりとこちらに向かってきた。

救急車に乗ってきた救急隊員に手を振ってから、彼らが自宅の二階に到着するまでの時間は、最低でも五分間を要したため、その前に私が行った救命処置の時間を含め、前後は最低でも十五分間掛かっていた。

救急車に乗ってきた紺色の制服を着た二、三人の「救急隊員」が全員が白い網状の浴室用の帽子を被り、両足には慎重に大きめの白い靴下みたいな防護グッズを履いていた。不思議な出立ちだった。

玄関の狭い廊下を通った時に、私は「早く、早く、二階！」と言ったら、一番先に入ってきた人は、「フン、急ぐこともないでしょう」というような顔をしていた。

その顔とその表情の特徴は、正に当時の警察庁長官Ｋ氏のようだった。

事件当時、日本で生まれ育っていない私は、その救急隊員の異常な行動に疑問を持たなかった。むしろ救急車に乗って来たのは、当然救命士の資格を持つ人間か、場合によってドクタージャないかと思っていた。

恐らくその後、現場検証に来ていた大勢の警察官達は、何故この母親は泣かないのか、疑っていたのだろうと思う。

実は、その日、私の脳はフリーズしてしまった。救急隊員が入ってきた時の映像に、違和感を覚えたものの、理由が分からないまま、二つのショッキングな映像と理解できない出来事で、頭が働かなくなった。

「救急車が来るのが遅いよ」

自宅に来ていた警察官に告げると、通報時間を調べるため、電話機を見せてくださいと言われた。

「しかも、サイレンも鳴らさないよ」

第一発見者である私は、救急隊員がおかしいということを言えるが、具体的に何がおかしいかは、説明ができず口を利かなくなった。また、私は第一発見者なので、警察の取り調べの対象になった。当日、夜中の十二時頃まで警察官が頻繁に出入りし、現場検証をしていた。

事件後、相続の問題とか、信介との間の裁判が熾烈な戦いになったことで、私の集中力は、ただどうやって裁判所の弾圧に対抗するのかとしか考えていなかった。

弁護士に裏切られたことによって、自力で訴訟書類を作成したり、証拠を集めたりして、時間が取られ、当日救急隊員の問題点について考える余裕がなかった。

但し、気になったことがあり、事件の直後に、竹内の家の近くにある江戸川消防庁に質問しに行った。

「救急車は来るのが遅い場合、救急隊に責任はないの？」

救急車と消防車が同じ署にあることを、その時に初めて知った。それぐらい私は本当に知識が乏しく、警察と消防のことについては、無知だった。

「救急車がすぐに来ないけど、人間はどれぐらい生きられるの？」

このような元気のない質問ばかりを江戸川消防庁に問いかけ、せっかく疑惑を晴らしに行ったのに、何故偽者の救急隊員が仕掛けたトリックのことに気付かなかったのか、本当に情けなかった。

大分時間が経ち、元東京救急隊員で働いていた知人のことを思い出し、現場に来ていた救急隊員の服装の画像を記憶に頼ってウェブサイトで探し、彼に送信した。

「いやいや、いくら何でも救急隊員は、こんな服装はしませんよ」

フリーズした脳が働き、やっと謎が解けた。

救急隊員の服装をしていないことに、怪しい何かがあるに違いない。救急車を事前に借りておいて、長男の自殺も計算に入り、自宅に来ていた偽者の救急隊員は、犯罪者ではないのか。いいえ、むしろ殺人犯だ。

小倉弁護士に相談したが、「この件については、何もしてあげられないけど、東京地検特捜部に告発してもいいのではないか」という回答をもらい、東京地検、小松川署、埼玉地検、そして、最初と最後ともW署に告訴状を提出したことがあるが、いずれもたらい回しされ、捜査してくれないし、被害届も受付けてくれない。

結局、救急隊員のトリックに気づいたのは、一年経った頃だった。

警察と検察も、私の告訴状を無視したが、信介と例の二件平行に進行していた裁判がやっと終わった時に、公的機構に対して情報の開示を請求することができることを、偶然に知った。

救急隊員を監視する責任のあるK市市役所へ出向いた。市長の秘書と長時間に渡って個室で相談し、庶務課に回されたが、ある三十代の男性が私を睨むようにして、ずっと窓口の傍に立って聞いていた。

「これは、単なる警察の自殺示唆ではなく、プロによる殺人です」

庶務課の女性職員が、その不気味な男性から何かを聞いたのか、私の話を聞くと、プッと失笑した。

「お母さんは、精神的な病を持っていませんか」

「おい！　何をふざけてるの？　私の息子が殺されたんだぞ」

「すみません。開示の請求はできますが、詳しい経緯は、もう一度書面をもって説明してください」

私の記憶は、その日の事件に戻った。

救急車に乗ってきた人は、当然救急隊員だと思い込んだ私は、彼らを二階にある三畳の事故現場に入れ、すぐ隣の六畳の部屋で待機していた。

その狭い三畳の部屋は、三階に上がる木製の急な階段があり、階段の下に洋服の整理棚が置いてあったので、実は二畳ぐらいの広さしかなかった。

私は発見時、はさみで紐を切った。長男が畳に落ち、側臥位（そくがい）の姿勢になった。私は心臓マッサージをするため、仰向けにさせようとしたが、とても重たくて動かせなかったので、側臥位のままに救命処置をした。

事後、偽者の救急隊員は、除細動器（じょさいどうき）を使用しなかったと主張したが、救命する道具を使わずに、彼らはその狭い現場に二十分間も居座り、何もせずに長男を死なせた。まさしく時間稼ぎの陰謀があったに違いない。

その当時、邪魔しないよう隣の部屋で待機していた私に、一人の「救急隊員」が寄ってきた。

「警察を呼んだ?」と聞いた。

「いいえ、１１９だけ」

「警察を呼ぶよ」と、その人が言った。

「はい」

この偽者救急隊員が電話した後、すぐに一人の沖縄っぽい顔つきの年配の刑事と、若い刑事がやってきた。

何の異常にも気付かなかった当時、あの「救急隊員」は、自ら白分の仲間の警察を呼び、二台目の救急車を要請した。

消防本部の記録票に、『搬送基準の対象ではない』と記されているが、一台目の救急車で来た偽物の救急隊員が長男を死なせた後、W救急2に続き、W救急3という連携車両を呼んだ。一人の搬送基準の対象ではない自殺者に対し、警察が二台の救急車を出動させた。

偽者の救急隊員は、来ていた年配の刑事に目で合図し、彼はすぐに若い刑事に「行け！」というジェスチャーを示し、偽者の救急隊員と担架を使わずに、素手で一緒に長男の遺体を運んだ。

「お母さんも一緒に救急車に乗って」と言われたので、私は外で待機していた救急車に乗って、増古病院に行った。

増古病院に到着するまでに、救急隊員は、一言も私に傷病者（長男）の状況を聞いてこなかった。

事後、彼らの記録には、私のことを『傷病者の状況を説明できる状態ではない』と記しており、事実と反した内容が書かれている。

その記録票に署名した私の自筆は、どのようにその記録票に載せられたのか分からないが、記録票に書かれている内容を確認してから署名した訳ではない。

確かに病院に着いた後、空白の記録表に署名してくださいと言われたから署名したかもしれないが、病院での検査はこれから行う訳で、その結果は当然病院が記入すべきものだし、誰が救急車に付き添い、傷病者と一緒に病院に来たのか、そのための署名だと思った。

増古病院で、かなり長時間待たされ、自宅に戻る前に、一人の若い刑事が慣れていない感じで、私に事故の状況を聞いていた。それから私に付き添い、自宅に戻った。

私は第一発見者なので、夕方から夜中の十二時になる直前まで、複数回出入りした大勢の警察官に囲まれ、いろいろと聞かれた。

そのうち、現場検証の途中に、一人の若い刑事が外から家の中に入って来た。ちょうどその時、警察官達と二階の六畳の部屋で長男が書いた遺書を見ていたところ、この若い刑事がいきなり三階に上がり、大きな声で興奮したかのように叫んだ。

「あった。あった！　ひもの領収書があった」

その叫び声は、現場にいた警察官達も異常に感じたはずだ。長男が自殺するため、ホームセンターで購入した「ひも」の領収書を警察が発見した。

実は、事件の後に自分で検証してみると、このひもを購入する過程自体が犯人の最大のトリックだった。

職業訓練学校のお昼時間は、十二時から一時までと決まっている。ビル管理の職業訓練なので、年配の方が多く、二十八歳の長男は彼らと何の会話をしたらいいか分からないということで、いつも一人で昼ご飯を食べていたという。

その日に限り、長男は珍しくクラスメートに誘われ、一緒に昼食を取った。それから、自転車に乗ってホームセンターに行ったのだとしたら、最低は三十分が掛かり、買い物をしてから、自宅に帰るのに二十分以上が掛かる。

だとすると、午後一時に自宅に着くには、誰かが車で連れて行かないと物理的には不可能なことだ。

しかも、自宅にひもがあるということを長男は知っていたはずだ。トイレの前にあるラックに、ひもが常に置いてあることを知っているのに、わざわざ防犯カメラが設置されているホームセンターに行くというのは、警察が長男の映像を取得するための設計図だった。

長男が自殺する直前に、危険物取扱者の検定試験に合格し、電気工事の検定試験も申し込んでいた。就職に向け、条件を揃える意志が強く、相変わらず毎日欠席なし、遅刻せずに訓練学校に通っていた。但し、同年三月六日に、私は埼玉県警公安委員会に苦情申出書を出した。起因は、一年前に現在の住居に引っ越した日に、長男が引っ越し便のトラックに載せきれなかった荷物をバイクで運んでいたが、何回か往復して、長男名義のマンションと現在の自宅との間に出入りした後、ヘルメットが盗難に遭った。

引越し作業が終わって、長男に私が住んでいたマンションのごみ出しのルールを説明していたところ、バイクが止まった場所は、ちょうど垣があって見えないのだが、私はその方向を見ていたので、一人の新聞配達員が通りかかったのを見ていた。そこで、新聞の販売店に事情を聞きに行った。

この件で、被害届を出すつもりはなかったが、販売店のオーナーが警察に電話した。引越しにより私の住所の変動等は、警察の任務になっていることが原因か、警察署にとって大きなイベントとなり、K署からW署への引継ぎという儀式なのか、十人ほどの警察が集まった。

「ヘルメット盗難の被害届は出さないよ」

私の意志を伝えたのに、体格の非常に大きい年配の警察官が、考えられない乱暴なことを言ってきた。

「駄目！　警察がここに来た以上は、被害届を出さないと駄目」

強引な感じがしたけど、引越しで相当忙しかったので、長男一人だけを現場に行かせたが、長男名義のマンションに十人の警察官が入ったことは、向かいに住む住民でエドワルド喫茶店のオーナーが目撃していて、私に教えてくれた。

その事実を長男に確認した。

「警察は何故家に入ったの？　盗難に遭った場所はマンションの外側の道路沿いでしょう」

「僕の盗まれたヘルメットは、家にあるじゃないかと言われた」

「クソッ！　被害者宅を捜査することか。私の家のカレンダーに書いてあるスケジュール表を見たかったのではないか」

この一年前の令状なしの家宅捜索は我慢したが、この後の一年間は、あまりにも恐ろしい事件ばかり起きたので、警察の乱暴な対応を許せないと思い、苦情申出書を提出した。

令状なしの家宅捜索の数カ月後、長男が誰かの陰謀により沖縄に拉致され、暫く連絡が取れなくなった。ちょうど第三債務者に対する取立訴訟の真っ最中だった。

そして、また誰かが沖縄から埼玉の東急不動産に、長男名義の物件の売買金額の査定を依頼した。

長男が那覇に行ってしまったので、この物件を賃貸する予定で、長男の承諾を得て、賃貸ができる状態になったところ、東急不動産の営業が管理室を訪れ、状況確認をしに来た。管理人が私の部屋に来て、ペンキを塗っていた私に質問した。

「この部屋をどうしますか」

「人に貸しますよ」

無言で行ってしまった管理人を見て、本当に腹が立った。私はこのマンションに管理人よりも長く、六年間も一人で住んでいるのを知っているはずだし、しょっちゅう管理人に手土産も届けていたので、これは母親の物件なのか、息子の所有物件なのか、知っているはずなのに、私のいない間に、立会いを求めずに東急不動産に開錠され、更に予備のカギを無断で不動産屋に作られていた。東急不動産は、まだ専任媒介契約を結んでいない状態で、私のマンションに違法な開錠をしたのに、三万六千円という高額なカギ代金を長男に請求し、その事実は、偶然長男の通帳を見て知った。

何度も交渉し、警察にも相談したが、この件に対するクレームは、東急不動産に完全に無視されたので、長男が亡くなる年の三月の初旬に、簡裁でカギ代金等を請求した。しかし、長男が亡くなった直後に、東急不動産の行為は合法で、物件の「名義人」が『契約書に署名される前の開錠は妥当だ』と判決文に書かれ、東急不動産の悪行は何の責任もないという結論だった。

同時期に、養育費の第三債務者に対する訴訟が終結したにもかかわらず、誰の請求によるものか、三月二十八日に弁論が再開された。

また、その直後に、息子二人とも路上で警察に止められ、私に関する話をされた。

「お前の母親は、警察の悪口を言っただろう。ブログ記事にも何かを書いただろう」と脅かされた。

四月になって二男が失業し、四月二十一日に、一回目の行方不明になった。

四月二十八日、長男が突然何かに怯えている様子だった。

「お母さん、側にいて下さい。どこにも出掛けないで」

大人なのに、子供のように異常な言い方で強請った。

四月三十日、私が外出していた時に、自宅に麻薬か脱法ハーブが届けられ、長男がそれを服用した。

その翌日に、プロである警察に仕掛けられた自殺という巧妙な手法で、警察は堂々と希望のある青年を騙し、このような形で長男を死刑に処した。

ところで、消防本部が私の情報開示の請求に対し、救急活動記録票を交付したが、事実と合致しないことが多く、特に記録表の作成者は小島雅寿氏となっているが、彼らは、当日現場検証の時に警察の要望で来ていた人なのか、事後に警察関係者から聞いた内容で作成したものとしか考えられない。

その根拠は、私が書いた救急活動記録票に対する訂正請求の箇条の内容から見ても、その矛盾点が簡単に分かる。

事件当時、傷病者の縊頸した首にそれ以上の負担を掛けてはいけないと思い、ひもを切った後、長男が畳に落ち、側臥位の形になってしまった。しかし、救急活動記録表には長男が「壁に寄りかかっていた」とか「半座位」だとか、違う表現で紙面に書かれている。言い換えれば、作成者の小島氏らが、第一次現場に到着した人間ではないことが判明したわけだ。プロの警察は犯罪事実を知っていて、わざとこの記録表にマーキングしたと思われる。

また、観察・処置の経過について、彼らは私のことを「説明できない状態」としているのだが、私は非常に「冷静で、何でも返事できる状態」だった。だが、その日に偽者の救急隊員からは何も聞かれなかった。

高校時代から大学まで、台湾では軍事訓練や看護過程が必修科目であり、身につけた救命処置の知識がある。長男の体温を感じたので、私の判断では、長男がまだ生きる可能性が十分あった。そのため、ひもを切断した後、蘇生処置の心臓マッサージを懸命にやった。

ひもを切断した以上、畳に落ちたので、長男が壁に寄りかかっていた訳はない。当然、「半座位」の姿勢にもならない。

記録表の作成者が、実際に救命の現場に来ていないことは確かな事実なのに、監督責任のある市長は、一向に第一次に現場に来ていた偽者の救急隊員の名前を公表しない。

審査会を開く時に、弁護士も同席していいと聞かされたので、申請する書類を送付したが、最終的に私は出席させてもらえず、裁決書を下した。裁決書の中で、「半年以内に市長を相手に訴訟を起こしてください」と淡々と書かれているけれど、私が裁判を起こしても、負ける結果になるのは、分かり切っている。

救命士資格を持たない警察関係者が、事前に救急車を借り、救急隊員を装い、救命の現場に来ること自体は、プロによる計画的な殺人行為だと容易に判断できる。

警察も検察庁もこの事件を放置し、市民の命を預かる消防庁も、救急隊を監視する行政の長さえ何も責任を持たない。これは、結局、特定秘密保護法の魔法ではないのか。

人命を軽視し、安易に善良な市民に死刑を処し、強権者が職権を濫用し、野蛮な犯罪行為を行ってから、特定秘密保護法を借りて裁きを逃れ、警察の殺人でも無罪にできる。このパターンが延々と悪用されると、暴力団しか存在できない無法な国になるのではないか。

事件後、責任を追及するため、かつて平成十六年五月頃に、沖縄県警が起こった過ち及び不正事件があった当時の沖縄県警本部長の名前は〝橋〟という文字が使われていたと思われるが、T氏かH氏かを確認したかったのに、検索するため「沖縄県警本部長」というキーワードを打ち込んだら、長男の事件当時の警察庁長官K氏の顔写真がポンと出てきて、「この人は、事件当日に、一番最初に私の家に入ってきた『救急隊員』ではないのか」と叫んだ。

しかも、警察関係者の誰かが、また犯罪事実をマーキングするため、わざと犯人の顔を公開するつもりなのか、長男が亡くなった直後の五月七日に、記者クラブでK氏が会見を行った映像が流されている。全国の警察を握っている人物なのに、事件直後の心境に反応したものか、落ち着きがなく、時々何かを考え込んでいる様子が見て取れる。更に自信なさそうに、自分の顔はカメラに映されないように、何度も手で隠そうとしていた。

今までの被害は、きっと非のあった沖縄県警が、かつての上司を通して、警察庁という絶対的な指令機構に特殊な任務を持たせ、被害者で弱者の女性である私に喰らいつき、破壊活動を行ったに違いない。結局、犯罪者である彼らは、何の罪にもならない上に、賞をもらったりして、犯罪捜査のやり手だという評価を受け、どんどん昇進していくのではないかと、私は思った。

長男が自殺した年を境目にして、民主党政権は何かの大きな事件を起こした雰囲気で、慌てて与党から野党へと撤退した。

この小説を執筆する前に、犯人は誰なのか、再び検証してみるべく、様々な角度と、いろいろな出来事に関わった人物のことを何度も検索し、分析してみて、意外な犯人を見つけた。最後の王朝とも言えるその泥鰌内閣の華麗なる内閣大臣の顔ぶれの中に、あの人物が食わん顔をして、格好よく内閣府の名簿の中に羅列されている。

名前も顔も知っていたのに、今まで全然気付かなかった。ＡＥＯＮクレジットカードを訴えたことと、彼に関係しているビジネスのヒントを出さなければ、閃くことがなかった。

「彼の動機は、仕返しだけだったのか」

俄然として悔しかった！　私は、本当に鈍かった。

与党と野党との間に自由に行き来できる仲間の大物政治家を上手に使い、私への弾圧を最高権力者の配下にある各省庁の協力を得て、沖縄県警がやりたい放題できる環境を整え、私と長男を精神障害者にでっち上げ、裏金横流と組織強化した。後に最高の地位に上り、殺人の指令を警察のトップに任せた手口を駆使した。

「貴女は偉い人物でもないのに、どうして迫害を受けたりしたの」

平社員みたいにちっぽけな警察によく聞かれた。

「仕返しだよ。ひと言でいえばね」

この十二年間、私の嘆願活動がある度に、政治家の浮沈を見てきて、犯人像が段々浮かび上がった。

「国民の血税を横領し、活動費用にした。更に億単位という裏金が政治家の間に流れている。金と権力のため、沖縄県警が私を人質にして道具にした。しかし、私はただごく普通の一般市民で、犯罪者でも国を転覆した人間でもなく、平凡な母親である」

せっかく授かった長男の命を大事に育てたいと思い、ニューヨークで出会ったあの向日葵の真意を教訓にし、自由の女神が見えるマンハッタンの街を後にした。

沖縄に戻ってからは、私の大好きな息子達と幸せに暮らしていた。一時的に病気になった長男は、私の大切な向日葵なのに、残酷に蹴っ飛ばし、無残な姿にして倒したのは誰だ。

今までの事件と犯罪事実は、ロングビーチの砂浜に書いた向日葵のように、潮が引くと、すべての真実が、一瞬にして消えてしまった。

偽者の救急隊員は殺人犯なのに、誰も彼らのことを追及できなかったし、追及しようともしなかった。

# エピローグ

平成二十九年六月十五日、莉莉が出廷する当日の午前七時四十六分に、共謀罪の構成要件を改めて「テロ等準備罪」を新設する改正組織犯罪処罰法は、参議院本会議で強行採決された。

朝起きると、いち早くテレビをつけ、この法案の行方を追った。一般人が対象となる問題を巡り、疑問が残る中、与党は幕引きを急いだ。

果たして、莉莉の運命はどうなるのか。

今回SPの任務を無事に果たせるかどうかは、僕でさえ分からない。

昨夜、莉莉は自分の身が危険にさらされることを察知したようで、いろんなシチュエーションを想像し、対策を取ってみた。

「ね、もし、私が共謀罪の成立で、法廷から連行されそうな場合、逮捕されないように、私達二人で抱き合おう」

「それは、すぐに引き離されるよ」

「そうか。ならば省吾が傍聴席のど真ん中に坐って、怖い目つきで裁判官を睨みつけて」

僕は不意に笑ってしまった。

「それなら出来るかもしれない」

「でも、本当にそのまま連れて行かれたら、自分の弁護士を使わないとヤバイよね。言いなりにされちゃうな」

莉莉がハンドバッグの中から一枚の名刺を取り出した。

「最悪の場合、この早川弁護士に私を助けてもらうようお願いしてください」

「泉崎という地名はどの辺にあるの」

「警察本部の斜め向かいにあるよ。大きな白いマンションの一階にその法律事務所があるから」

「莉莉のことを知っているの」

「第三債務者に対する取立訴訟の時に、依頼した」

「何故今の裁判は頼まないの」

「今回だけじゃなくて、離婚訴訟等の裁判のことも、この弁護士にお願いしようとしたら、誰かに圧力を掛けられたみたいで、きっぱりと断られた」

「じゃ、今度も無理じゃないの」

「今回は、私の身の安全に関わった重大な人権侵害だから、きっと助けてくれるよ」

「そうか」

テロ等準備罪は、二人以上で犯罪を計画し、うち一人以上が計画に基づく「実行準備の行為」を行った場合、計画した全員が処罰される可能性がある。

二〇二〇年に東京オリンピックが開催される。テロを差し迫った脅威と認識し、万全な対策を講じなければならないが、今までの事例から見ると、犯罪とは無縁の国民でも、警察のさじ加減一つで、プライバシーが侵害され、人間の尊厳を踏み躙るような秘密調査や破壊活動が平気で行われ、その本人や家族の人生を大きく狂わせてしまう。

あのセメント大臣も、インタビューの中で、よく「国益、国益」ということを強調するけど、果たして公安警察が国益に有害な影響を及ぼす敵の陰謀を見破り、スパイを摘発することができるのか。

警察は、一般市民の財産と命を守る重い責任がある。なのに、警察の中で「公安警察」という部門が設置されているのは、一般の善良な市民が被害者になる可能性が非常に大きい。国の安全を脅かされるような場合に備え、「警察」ではなく、防衛省や公安調査庁の中で何か特別な組織や職名を考案し、危機管理の改善に当たればいいのではないかと思う。そうでなければ、仕返しを目的に公安警察を濫用し、莉莉と同じように悲惨な運命に遭遇させられてしまうケースが、後が絶たないだろう。

共謀罪のことは一段落して、昼食を取った後、莉莉と一緒に法廷に向かう予定だ。

ホテルのチェックアウトの準備をしていた時、朝早い時間に、上司から携帯にメールで連絡が入った。

人事異動通知

所属職名　警備部警備課
異動種目　部外派遣　外国出張
異動内容　平成二十九年六月十六日から平成三十年三月三十一日までの間、警察庁へ派遣
　　を命ずる

今回ＳＰの任務を終えると、すぐに辞令の交付式が行われ、莉莉と別れることとなる。予想よりも早い異動となり、これからの仕事にどんなことがあるのか分からないが、莉莉の将来が心配だ。

でも、これまで一人の刑事として、犯罪被疑者に眉一つ動かさずに接するという僕のやり方は、基本的に変わることはないだろう。それはプロの警察官としての僕のプライドであり、ポリシーだからだ。

李　佳（リ　ジャ）

台湾出身、台湾輔仁大学外国語学部日本語学科卒業。
日本大手企業の台北事務所に勤務した後、日本人と結婚し来日。
外国語講師及び翻訳者として活躍していた。
1984年日本に帰化。
高校時代からエッセイストとしてデビュー、受賞歴がある。
著書には、30年ぶりの創作である日本語での処女作、小説
「息子よ　さようなら」（2017年　東京図書出版）がある。

極秘指令

2018年11月27日発行

著　者　李　佳
制　作　風詠社
発行所　ブックウェイ
〒670-0933　姫路市平野町62
TEL.079（222）5372　FAX.079（244）1482
https://bookway.jp
印刷所　小野高速印刷株式会社

ISBN978-4-86584-371-2

乱丁本・落丁本は送料小社負担でお取り換えいたします。